fhl-Roman

Foto: Ulrich Wolf

Daniela Kögler wurde 1986 in Roth geboren. Sie ist ausgebildete Mediengestalterin für Design und Print und in einer Prepress-Agentur tätig. Nebenbei hat sie sich ein zweites Standbein als Model erarbeitet. 2010 traf sie den spontanen Entschluss zu einem Ausbruch aus dem Alltag: Sie schloss einen Vertrag mit einer Modelagentur in Peking ab und ging für drei Monate nach China. Die Motivation zum Neuanfang ist auch Thema ihres Buches: In ›Good Morning Dornröschen‹ schreibt sie über weitverbreitete Unzufriedenheit, festgefahrene Wege und die Frage »Was macht uns eigentlich glücklich?«.

Weitere Informationen finden Sie unter www.daniela-koegler.de.

Daniela Kögler

Good Morning Dornröschen

fhl Verlag

ISBN 978-3-942829-30-4

1. Auflage 2012

Titelbild: Stephan Godzieba
Satz: fhl Verlag Leipzig UG
Druck & Bindung: Neiko Plus, EU

Ein Verlagsverzeichnis schicken wir Ihnen gern zu:
fhl Verlag Leipzig UG
Gerichtsweg 28
04103 Leipzig
www.fhl-verlag.de
kontakt@fhl-verlag.de

Frau + Mann = X

Ich starte in einen sonnigen Samstagmorgen im Mai. Eigentlich ist es schon eher Mittag und ich habe mich gerade zu einem Date verabredet. Wie man schon unschwer an der Definition der Tageszeit erkennen kann, bin ich eine Frau, die auf Details Wert legt, aber im Gegenzug leider wesentliche Aspekte oftmals vernachlässigt. Das wäre zum Beispiel die Frage nach dem Aussehen des Mannes. Was sind seine Hobbys? Was macht er beruflich ...? Doch irgendwie interessiert mich das alles gerade nicht.

Denn nach ein paar schlechten Erfahrungen steht fest, dass Männer im Endeffekt doch eh alle gleich sind. Das ist wie nach einer Fischvergiftung. Wer schon mal eine hatte, weiß, wovon ich spreche. Danach hast du wochenlang keine Lust mehr auf jegliche Art von Meerestiergerichten. Die können noch so frisch und toll zubereitet sein, aber man assoziiert sie sofort mit Magenschmerzen und Übelkeit. Genau so ist das auch mit den Kerlen. Nach einer schlechten Erfahrung hat man die Schnauze erst einmal voll.

Frauen hingegen würde ich eher mit gutem Wein vergleichen. Mann muss uns Aufmerksamkeit schenken und mit allen Sinnen genießen. Nicht einfach sinnlos runterkippen. Zuviel davon kann Mann aber auch ganz leicht Kopfschmerzen bereiten.

Ja, wir sind kompliziert und manchmal verdammt trocken. Dabei wollen wir doch nur jemanden an unserer Seite haben, der mit uns in dieselbe Richtung blickt. Und keinen, der gegen uns ankämpft. Eine Schulter zum Anlehnen brauchen wir genauso wie jemanden, der uns mal die Meinung sagt. Und das möglichst so, dass wir sie auch akzeptieren können. Witzig muss er sein. Charmant – aber kein Schleimer. Einfach ein Gentleman. Ein Mann, auf den wir uns verlassen können. Der zu uns steht, auch wenn wir mal zu viel getrunken haben und uns gerade auf der Straße im kleinen Schwarzen die Seele aus dem Leib kotzen. Dabei sollte er in uns noch immer die Lady sehen können, wenn er in unsere verwischten ›Smokey Eyes‹ schaut. Die Prinzessin, die halt einfach mal einen schlechten Tag hat. Auch darf er für uns im Restaurant den Wein bestimmen. Denn wir Frauen können eines sehr gut: uns NICHT entscheiden. Und das bei den unwichtigsten Dingen. Daher können wir auch Stunden damit verbringen zu überlegen, was wir heute essen wollen. Beim Bäcker ist das auch ganz schlimm. Ich habe schon 2 Leute vorgelassen und überlege immer noch. Danach kaufe ich einfach alles, was mich anlacht. Bei den Männern ist das nicht so einfach. Da kann ich nicht jeden nehmen, der mir freundlich entgegen lächelt. Und das nicht nur, weil meine Wohnung dafür zu klein ist.

Auch bei anderen Dingen kann ich mich einfach nie entscheiden. Die Wohnungseinrichtung zum Beispiel: Welche Farbe sollen die neuen Vorhänge haben? Auf alle Fälle müssen sie modern sein, aber trotzdem klassisch. Elegant aber mit gemütlichem Charme. Schlicht aber nicht langweilig. Ja wir sind oftmals unentschlossen und wollen alles in einem. Das ist, glaube ich, auch der Grund, warum Überraschungseier öfter von den Müttern gekauft als von den Kindern gefordert werden. Spannung, Spaß und Schokolade. Alles zusammen. Genau das, was wir uns wünschen. Dieses Vermarktungskonzept wenden wir auch auf die Männer an. Wir wollen einen Mann, der alles kann. Aussehen ist hier jedoch nicht zwangsläufig entscheidend für uns. Wir stehen auf ›George-Clooney Typen‹. Das ist durchaus kein Widerspruch; der sieht einfach nur zufällig gut aus. Was uns wirklich anzieht, ist der Charme, der Charakter und die Lebenserfahrung. Ecken und Kanten darf er auch gerne haben. An unser Äußeres wiederum stellen wir weitaus größere Ansprüche, die meist sogar utopisch sind. Dabei wird jede Falte genauestens im Spiegel betrachtet. Jede kleine Kurve oder Delle unter Scheinwerferlicht inspiziert. Aber das macht es auch nicht besser. Im Gegenteil. Ein Mann schaut sich frontal im Spiegel an und sagt: Passt!

Wir Frauen hingegen drehen und wenden uns, und anstatt auf die schönen Dinge zu schauen, sehen wir nur unsere kleinen Makel. Aber genau die machen doch auch einen Teil unserer Persönlichkeit aus.

Doch genug der Theorie. Ich befand mich noch immer kurz vor meiner Verabredung und wusste nicht so recht, wie ich mich verhalten sollte. Bin ich die ›coole Lady‹, das ›kleine Mäuschen‹ oder ›der Kumpeltyp‹? Hohe oder flache Schuhe? Rote oder natürliche Nägel? Viel oder wenig Make-up? Oh Gott, ist das schon wieder kompliziert. Langsam wird mir bewusst: So ein Date ist keinesfalls belanglos oder schlicht ein freudiges Ereignis, in dessen Erwartung das Verstreichen der Minuten zu einer Ewigkeit verkommt, in der wir auf Wolke Sieben schweben. Es ist genau genommen der pure Stress, ein Gedankenchaos, dessen Entwirrung niemals vor besagtem Ereignis stattfinden wird. Und so ist es jetzt auch bei mir: Ich habe mir vorgenommen, immer vom Schlechtesten auszugehen. Positiv überrascht zu werden ist schließlich wesentlich besser, als enttäuscht vor einem Kerl zu sitzen. Gehen wir also davon aus, das Date läuft nicht so, wie ich es mir vorstelle. Vielleicht finde ich ihn sogar ganz okay, aber er interessiert sich nicht für mich. Kann sich durchaus so zutragen. Panik steigt in mir auf. Vielleicht soll ich das Ganze doch absagen. Nur aus Angst vor dem ›Versagen‹? Bin ich wirklich so ein verschrecktes Weibchen, dass Schiss davor hat, einem Mann nicht zu genügen? Pah! Ich bin doch die Prinzessin, das Dornröschen, das wach geküsst werden muss. In jedem verdammten Märchen ist das so. Der Prinz kommt angeritten und am Ende leben alle glücklich und zufrieden … bla bla bla.

Aber das Leben ist leider kein Märchen, und der Prinz kommt auch nicht mehr auf einem Schimmel daher. Ja, vielleicht sitzt er sogar in der Straßenbahn direkt gegenüber von mir.

Ich fühle mich gerade wie die ›Prinzessin auf der Erbse‹ – modern besser als ›Tussi‹ tituliert. Aber ich bin auch nicht die Märchentante und in Wahrheit habe ich noch immer Angst vor dem Date. Vom eigentlichen Thema abzulenken hilft mir in der momentanen Situation auch nicht weiter. Und wenn er sich wirklich nicht für mich interessiert, was ist dann? Es kann ja durchaus Gründe dafür geben. Bin ich vielleicht zu kindisch? Oder gar zu langweilig? Oh Mann, warum habe ich eigentlich schon wieder so vielen Leuten von dieser Verabredung erzählt?! Denn sollte er sich nach dem ersten Treffen tatsächlich nicht mehr melden, ist Mitleid doch schon vorprogrammiert. Das ist der ›worst case‹. Zu versagen ist das eine. Je mehr Menschen das allerdings mitbekommen, desto schlimmer ist das für den Betroffenen. Umso wichtiger ist es, sich auch selbst etwas vorzuheucheln. Das ist leicht, man muss die Geschichte nur so abändern, dass man sich selbst einreden kann: »Mensch, das war aber ein arroganter Sack!« Gut fürs Ego ist auch: »Der sieht zwar gut aus, hat aber nix in der Birne!« Bei derartigen Sätzen erweckt man in seiner Umgebung nicht nur den Eindruck, selbst die Entscheidung getroffen zu haben, sondern macht auch gleich deutlich, nicht eine dieser oberflächlichen Tussis zu sein, die nur am Aussehen interessiert sind. Tja, that's Business. Man muss sich auch richtig zu verkaufen wissen.

Denn in einer Hinsicht sind wir doch alle gleich: Keiner von uns verliert gerne. Nur der Umgang damit, sollte es denn doch einmal dazu kommen, ist natürlich immer abhängig vom jeweils Einzelnen. Und wenn man sich besser fühlt, indem man sich selbst ein bisschen belügt, ist da sicher nichts Falsches dran. Zumal der Eindruck der Unerreichbarkeit so wichtig ist für die Eroberung der Männerwelt.

Wie heißt es doch so schön: Frau wird für den Mann interessanter, wenn sie ihn zappeln lässt. Ist das absoluter Schwachsinn? Nein! Denn genauso ist es. Die Dinge, die ich nicht haben kann, sind doch viel begehrenswerter als die, die ich bereits besitze! Im Restaurant zum Beispiel findet man das Essen eines anderen am Tisch meistens verlockender als das eigene. Und wenn ich lockige Haare habe, hätte ich lieber glatte – oder umgekehrt.

Aber kommen wir nun zu meinem Date zurück: Wie ich mich gerade fühle? Ruhig und entspannt – ja, beinahe kühl. Das ist eigentlich kein gutes Zeichen, oder? Nun, ich habe gelernt, dass man stets die Nerven behalten sollte und nicht in Panik geraten darf! Sonst redet man eh nur wirres Zeug, und das ist beim ersten Treffen natürlich alles andere als vorteilhaft. Man muss seinen Feind kennen, überlegen sein und ihn mit psychologischer Kriegsführung dahin bringen, wo man ihn haben will: Vor den Traualtar!?

Nein. Ich bin nicht im Krieg und heiraten liegt auch noch in weiter Ferne. Und als Feinde würde ich die Männer auch nicht bezeichnen. Also gehen wir die Sache langsam an. Zu allererst wollen wir doch, dass uns ›der Mann‹ als intelligentes, gutaussehendes, charmantes, humor- und niveauvolles und letztlich auch erotisches Wesen kennen lernt. Und das alles möglichst beim ersten Date. Na ja, wir Frauen neigen einfach von Natur aus dazu, Dinge zu überstürzen. Und nicht nur in dieser Hinsicht: Selbst wenn wir es nicht wollen, stellen sich gleich beim Kennenlernen eines netten Mannes die Gedanken ans Kinder kriegen, ans Haus bauen, zusammen wohnen und so weiter ein. Natürlich ist das alles utopisch und macht wenig Sinn.

Und doch: Instinktiv betrachten wir den Mann als den ›Versorger‹. Wir fragen uns: Wäre er ein guter Vater? Könnte er für uns sorgen? Und das meistens schon, bevor wir geklärt haben, ob er überhaupt mal Kinder will.

All diese Gedanken spielen sich ab, obwohl wir den ›Betroffenen‹ in 80 Prozent der Fälle noch nicht einmal gut genug kennen, um zu wissen, wie er seinen Kaffee trinkt, ob er ein Morgenmuffel ist oder was er ›drunter‹ trägt.

Ja, wir Frauen sind manchmal schon ziemlich naiv. Ich gebe es ungern zu und habe lange Zeit gedacht, ich sei eine moderne, unvoreingenommene, spontane, lustige und realistisch denkende Frau. Aber in Wahrheit bin ich stets – mit den Waffen einer solchen bewaffnet – auf der Jagd nach einem Mann, der anscheinend nur in meinem Kopf existiert. Wobei ich dabei ganz banale Ansprüche habe. In meiner Fantasie sitzen wir einfach entspannt vor dem Fernseher, trinken Wein und unterhalten uns über den Film und planen dabei die morgigen Unternehmungen. Währenddessen hält er meine Hand und streichelt diese sanft.

Ich unterdrücke einen leisen Seufzer. Eigentlich völlig normal und belanglos diese Dinge. Ich ohne Krönchen – und er ohne Pferd. Ich lass das Essen anbrennen – er lacht mich aus. Wieso gibt es keinen Deckel für mich? Weil ich ein WOK bin? Haha, ich kann über diesen Witz nicht mehr lachen. Komischerweise werde ich auch immer von den falschen Männern angesprochen – heutzutage wohl eher angeschrieben. In welcher Form auch immer.

Es gibt inzwischen ja so unzählig viele einschlägige Internetseiten. Das Gute daran ist, dass man sich bequem von zu Hause aus auf die Suche nach dem perfekten Mann begeben kann. Ungeschminkt und in Jogginghose. Und auch wenn man sonst eher schüchtern ist, kann man bei Gefallen dem ›Mister Right‹ einfach ganz frech eine Nachricht schreiben. Das ist doch auch viel unverfänglicher. Und ja! Ich mache das auch! Das Resultat war bisher zwar noch nicht wirklich berauschend, aber immerhin habe ich eine sehr gute Freundin von mir über das Internet kennen gelernt. Wir lachen noch heute darüber. Natürlich sind bei diesem anonymen Beschnuppern mitunter Missverständnisse möglich. Daher gilt: So viele Vorteile das Internet-Flirting auch hat, man muss dem anderen einfach in die Augen sehen, um ihn einschätzen zu können. Sonst droht die erste (echte) Verabredung eine Enttäuschung zu werden. Gerade wenn man vorher bereits wochenlang Kontakt hatte, kann das richtig bitter sein. Dafür kann man seine Angel in diversen Plattformen auswerfen um dann einfach den dicksten Fisch an Land zu ziehen. Wobei dann wieder verstärkt die oben beschriebene Gefahr der ›Fischvergiftung‹ besteht.

Mein Date heute ist allerdings mit einem in freier Wildbahn ergatterten, ganz realen Mann. Und es war tatsächlich ich diejenige, die ihn angesprochen hat. Wahnsinn, wie die Zeiten sich ändern. Wer hätte das früher für möglich gehalten. Eigentlich ein Armutszeugnis für die Männerwelt. Sind sie zu schüchtern geworden? Oder die Damen einfach zu selbstbewusst und direkt? Darüber mache ich mir jetzt keine Gedanken, denn ich werde es nicht versäumen, noch ein paar kleine Recherchen über meine Verabredung in die Wege zu leiten.

Auf diversen Internetseiten kann man ›das Opfer‹ ja wunderbar ausspionieren. Das mag im ersten Moment krank und armselig klingen – ich weiß. Aber ich mache das nur, weil ich nach Gemeinsamkeiten und somit nach interessantem Gesprächsstoff suchen möchte. Er soll den Eindruck haben, dass ich mich interessiere und selbst interessant bin … Scheiße, ich werde doch wieder ein wenig aufgeregt. Nein! Verdammt!

Es gibt doch absolut keinen Grund dafür. Je emotionsloser man an diese Date-Kiste herangeht, desto weniger kann man verletzt werden. Das ist Regel Nummer 1! Denn wer wird schon gerne enttäuscht? So, und schon bin ich wieder an der Stelle, an der meine bösen Vorahnungen zuschlagen und ich das Mitleid meiner Freunde schon regelrecht vor mir sehe. Wieso hab ich nur den Mund nicht halten können? Ich höre es doch schon, dieses »Und, wie war es?«.

Wenn es super läuft – überhaupt kein Thema! Aber wenn nicht, und das ist nun mal zu 90% der Fall – die Dunkelziffer ist vermutlich noch höher –, nervt das einfach nur. Hätte ich doch nur keinem was erzählt, dann hätte ich im Falle eines Reinfalls einfach darüber Stillschweigen bewahren können. Und von einem solchen gehe ich auch schon wieder insgeheim aus. Denn auch wenn der Typ an sich akzeptabel ist, heißt es nicht, dass er auch zu mir passt. Und außerdem muss doch alles sowieso perfekt sein.

Kurzum: Das Leben ist eben eine große Tombola – und da gibt es einfach mehr Nieten als Gewinne. Genau so ist das auch bei mir und den Männern: Ich ziehe eine Niete nach der anderen! Und ich habe langsam keine Lust mehr auf dieses Glücksspiel. Einsicht soll bekanntlich der erste Schritt zur Besserung sein. Aber macht mich diese Erkenntnis nun schlauer, geistig reicher? Auf keinen Fall! Oder kann sie die Frauenwelt allgemein beruhigen? Wohl ebenso wenig!

Also: Wieso verschwenden wir so viele sinnlose Gedanken? Ich bin mal ganz vorsichtig und nenne das, was uns umtreibt, ›Neugierde‹. Viele Gespräche führen wir im Freundeskreis doch über Themen, die diese befriedigen sollen. Was gibt es Schöneres, als sich über den neuesten Klatsch und Tratsch auszutauschen: Wer hat sich von wem getrennt? Wer ist in Wahrheit schwul und hat nur eine Alibi-Freundin? Wer hat zu- oder abgenommen? Wer hat keinen Humor? Und wer sollte besser dringend den Frisör wechseln? Soll das wirklich alles sein? Aber ja, so sind wir. Und ich schäme mich ein wenig für diese Oberflächlichkeit.

Genau mit solchen angesagten Themen sind auch beinahe alle Frauenzeitschriften gefüllt. Die neueste Gerüchteküche der Stars. Die besten Flirt Tipps und Lebensratgeber. Zudem werden brennende Fragen behandelt wie: Was macht mich attraktiver? Welcher Typ Mann passt zu mir? Oder: Wie gelingt die Käse-Sahne-Torte am besten?

Nicht zu vergessen die Seiten, die uns aufbauen sollen: Akzeptier dich, wie du bist! Lach dir mal wieder selber zu! Und: Gönn dir heute doch einfach einen Beauty-Tag! Danach folgen Schnappschüsse von ungeschminkten Stars. Das soll uns helfen, uns besser zu fühlen, weil in Wahrheit sogar die normal aussehen, wenn das Scheinwerferlicht aus ist. Die darauffolgenden Seiten stehen dann allerdings ein wenig konträr dazu. Was ich meine, sind diese Diättipps. Denn hatte ich nicht vorher gelernt mich zu akzeptieren, wie ich bin? Stattdessen habe ich nun die Auswahl zwischen: ›Bauch-Weg-Diät‹, ›Gute-Laune-Diät‹, ›Adventsdiät‹, ›Immer-Satt-Diät‹. Im Endeffekt ist das stets das gleiche Prinzip. Aber wir fallen trotzdem immer wieder drauf rein. Na gut, wenn wir nicht diese Naivität in uns hätten, würden wir uns wohl auch kaum immer wieder auf die Männer einlassen. Zwar habe ich kein Gewichtsproblem, aber die Unsicherheit vor meinem ersten Date war trotzdem noch zu spüren. Und irgendwie war ich auch einfach so unzufrieden. Lassen wir dabei die Männer mal außen vor. Vielleicht suche ich mir die ja immer nur, um mein Leben ein wenig aufregender zu gestalten.

Denn zu allem Übel ist da noch das, was sich Alltag schimpft. Jeden Tag die gleichen Wege. Die gleichen Menschen und die gleiche Arbeit. Dieselben Gespräche, das gleiche Umfeld und somit die gleichen Probleme. Jeder Tag beginnt mit dem Klingeln des Weckers. Dem Weg ins Bad. Dann Frühstück – Kaffee –

ich verschütte die Milch oder lass den Löffel fallen. Oder stoße mich immer an derselben Ecke in der Küche an. Es scheint mir fast, als wäre es mir nicht möglich, etwas dazulernen zu können, solange ich in diesem Trott gefangen bin.

Lebensanalyse!

»Und? Wie war nun das erste Date?«

Wenn ihr meinen Gesichtsausdruck sehen könntet, würde sich die Frage augenblicklich erübrigen. Lasst es mich so umschreiben: Wenn man eine hohe Erwartungshaltung hat und es dann doch nichts besonderes ist, ist die Enttäuschung noch einmal um einiges größer. Ähnlich wie an Silvester. Wir machen uns schon Wochen, ja sogar Monate vorher Gedanken, wie wir den Jahreswechsel am besten feiern könnten. Und dann ist es doch irgendwie jedes Jahr dasselbe. So war es mit meinem Date auch. Viele unnötige Gedanken vorab. Wahrscheinlich zu große Erwartungen, Hoffnungen und Wünsche. Vielleicht liegt es also doch an meinem zu hohen Anspruch. Doch ich bin mittlerweile so müde, darüber nachdenken zu müssen. Auf jeden Fall haben wir uns gut unterhalten. Er steht mit beiden Beinen fest im Leben, ist sportlich, kocht und reist sehr gerne. War zwar nicht Ultraspannend, der Nachmittag, und gefunkt hat es auch nicht, aber nett war es. Bis zu dem Moment, als wir beschlossen haben, zu gehen. Da lässt mich der Kerl doch glatt den Kaffee selbst zahlen!

Dazu brauch ich doch eigentlich gar nichts mehr sagen. Null Anstand der Typ. Und je länger ich darüber nachdenke, umso aggressiver werde ich. Wenn er nicht mal den Kaffee bezahlt … Und das beim verdammten ersten Date, bei dem er mir doch eigentlich imponieren wollen müsste! Ihr wisst schon, was ich meine. Wie geht das nur in Zukunft weiter? Zum Schluss sucht er nur eine Dumme, die ihn aushält. Ich hatte mich schon wieder völlig und vor allem unnötig in Rage gedacht und war gerade munter dabei, irgendwelche Fantastereien in gar nicht vorhandene Dinge hinein zu interpretieren. Bei all dem Gedankenwirrwarr bin ich mehr als verblüfft, dass ich noch keine grauen Haare habe. Ich bin ein Mensch, der über Situationen nachdenken muss, die er nicht nachvollziehen kann. Und zwar so lange, bis ich sie verstehe. Aber hier war es mir einfach nicht möglich. Warum hat er meinen Kaffee nun nicht bezahlt? Lag es an mir? War ich ihm nicht einmal die paar Euro wert? Oder vielleicht hat er mich auch einfach nur als ›modern‹ und emanzipiert eingeschätzt. Ich kneife ein Auge zusammen und überlege, ob er mir die Türe aufgehalten hat beim rausgehen. Doch dann wurden meine Gedanken auch schon wieder durch neue unterbrochen. Ich will doch sowieso nichts von dem Mann. Was denke ich jetzt also über diesen verdammten Kaffee nach. Der ist doch gar nicht das Problem. Hat halt einfach nicht gefunkt. Aus, Basta! Aber toll finden dürfte er mich schon. Ein bisschen zumindest. Aber was soll's. Abhaken und weiter geht's. Doch meine kurz aufflammende Stärke hält nicht lange an. Denn jeder kommt manchmal an einen Punkt, an dem er sehr müde ist von diesen Alltagsproblemchen. Da nützt ausschlafen nichts, Friseurbesuche noch weniger und auch keine heiße Schokolade.

Bei mir war gerade genau dieser Punkt gekommen. Ich habe einfach keine Lust mehr darauf. Wie mich das alles ankotzt! Nicht nur die ganzen Männerprobleme. Auch die roten Ampeln, die unfreundliche Bäckereifachverkäuferin, die mir grundsätzlich etwas anderes in die Tüte packt. Sage ich »Zwei Brezen ohne Salz« – geh ich auf jeden Fall mit vier mit Salz hinaus. Sage ich Spinattasche, packt sie mir eine Pausenknusperstange ein. Ich versuche mittlerweile schon mit Zeichensprache meinen Bestellungen Ausdruck zu verleihen. Bei der Stückzahl ist das leicht. Aber wie soll ich bitte ›Spinattasche‹ gestikulieren? Da stoße sogar ich an meine Grenzen.

Das Leben ist so kompliziert. Und mitunter so eintönig. Jeden Tag der gleiche Trott. Langsam bekomme ich das Gefühl, nur noch zu funktionieren. Wie erbärmlich sich das anhört. Und eigentlich passt doch alles. Festanstellung, Hobbies, Freunde, Familie …

Aber es muss doch noch mehr geben. Man kann sich doch nicht immer gleich zufrieden geben, selbst wenn man es nicht ist. Wie soll man sich so weiterentwickeln? Und wenn die Menschen früher auch so gedacht hätten, wäre das Rad bis heute noch nicht erfunden worden. Und Porzellan wurde schließlich auch entdeckt, als man versuchte, Gold herzustellen. Nein, ich will damit nicht sagen, dass ich in irgendeiner Art handwerklich tätig werden möchte. Aber man muss neue Dinge einfach angehen und ausprobieren. Doch in dem momentanen Umfeld ist es mir nicht mehr möglich. Meine Gedanken sind kompliziert, eingefahren und mein Kopf droht zu platzen. Keine guten Grundlagen, um kreativ an etwas heranzugehen. Und jetzt bin ich zum ersten Mal seit langem froh, dass ich Single bin. Denn ich bin frei und kann machen, was ich will und muss auf niemanden Rücksicht nehmen. Mir ist nun klar, dass ich dringend etwas für meine innere Ausgeglichenheit tun muss. Zu viele unnötige Gedanken kreisen in letzter Zeit in meinem Kopf. Zu viele Banalitäten, über die ich mich aufrege. Und da hilft mir auch kein Mann raus. Im Gegenteil. Ich brauche kein Date, sondern ein Update. Ja, und da sind wir der Lösung auch schon einen Schritt näher. Wir Frauen versteifen uns viel zu sehr auf die Männer. Wir denken, dass wir unser Glück und unsere Zufriedenheit in einer Beziehung finden. Aber das kann es nicht sein. Ich muss erst einmal mit mir und meiner Situation ins Reine kommen, und dann habe ich auch Zeit für die Kerle. Und wenn ich mir mein ›Pausenknusperstangenproblem‹ noch einmal durch den Kopf gehen lasse, wird mir bewusst, dass meine Situation mehr als akut ist. Was hatte ich bisher erreicht? Was tue ich für mich? Was tue ich für meine Mitmenschen?

Was wäre, wenn ich plötzlich nicht mehr da wäre? Würde es jemanden stören? Ich meine, würde mich jemand wirklich vermissen? Würden sich vielleicht auch manche freuen? Und was denkt die Bäckereifachverkäuferin eigentlich von mir?

Meine Gehirnbahnen sind dauerbelegt mit Gedanken, die nicht normal sind und mich nicht weiterbringen. Im Gegenteil. Sie halten mich nur noch mehr davon ab, etwas gegen diese innere

Unruhe zu unternehmen. Mein Körper muss schließlich auch mit dem klarkommen, was ich ihm gebe. So wie das mit dem Essen ist, so ist das auch mit dem Geist. Wenn ich ständig negativ und kompliziert vor mich hinhirne, bringt mich das in keinster Weise weiter. Die Gedanken kreisen wie eine Fliege um meinen Kopf, die einfach nicht verschwinden mag. Selbst wenn man sie schon 10 Mal verscheucht hat.

Da sitze ich nun, auf meinem riesigen Haufen Mist, der täglich wächst und wundere mich tatsächlich über die Fliegen. Aber bisher blieb ich einfach sitzen. Doch das wird jetzt geändert! Wie? Ich scheiße auf den Mist hier und dann hau ich einfach ab …

Flucht nach München!

Ich weiß einfach instinktiv, dass das genau das Richtige für mich ist, um mich wieder neu orientieren zu können. Vielleicht ist Flucht auch gar nicht der korrekte Begriff dafür. Es ist einfach ein starker innerer Antrieb, den ich verspüre und den ich nicht länger zurückhalten kann und werde. Eingebungen und Gefühle, darauf sollten wir wieder lernen zu hören. Nicht essen, wenn es 12 ist, sondern dann, wenn man Hunger verspürt. Und den verspüre ich jetzt auch. Hunger nach Leben und nach neuen Erlebnissen.

Meine Wahl fällt kurzentschlossen auf München. Ich liebe diese Stadt einfach. Jedes Mal, wenn ich dort war, habe ich mich sofort wohl gefühlt. Somit steht das Ziel fest. Jetzt müssen nur noch ein paar Dinge geregelt werden und dann geht's los. Denn ich darf keine Zeit verlieren. Meine innere Unruhe wächst. Der immer stärker werdende Antrieb drängt mich aus der Stadt. Raus aus meinem bisherigen Leben.

Meinen Eltern schreibe ich einfach kurz eine e-mail: *»Sorry, ihr Lieben. Ich hau ab, bin weg – raus – brauche Luft zum Atmen.«* Meine Schwester setze ich einfach in ›cc‹: *»Mit ganz vielen*

Schmatzern, HDL, werde an dich denken!« Ich füge noch ein *»:-)«* hinzu, so sollte klar sein, dass ich nicht aus Verzweiflung handle, und dass es mir gut geht. Ich lese mir den Text noch einmal kurz durch und rümpfe dann doch die Nase. So wohl überlegt hört sich das eigentlich nicht an. Eher doch, als wäre ich auf der Flucht. Aber wenn ich ehrlich bin, fällt mir gerade nichts Besseres oder vernünftiger Klingendes ein. Denn genau so, wie ich es geschrieben hatte, ist es schließlich auch. Kurz bevor ich die Tür hinter mir für lange Zeit schließen werde, klicke ich auf ›senden‹. Ich zwinkere mir kurz im Spiegel zu und dann geht es los. Beinahe hetze ich zum Bahnhof, als wäre es höchste Zeit. Ich muss innerlich kurz den Kopf schütteln. Aber noch bin ich von meinem Vorhaben derartig überzeugt, dass mich in diesem Moment einfach nichts und niemand davon abbringen könnte. Auf dem Weg dorthin frage ich mich, ob ich noch jemanden informieren sollte. Ah, ich weiß nicht, schließlich soll sich niemand Sorgen machen. Verstehen wird es sowieso keiner. Daher auch nur die kurze Nachricht per e-mail. Mich werden sowieso alle für völlig bescheuert halten. Aber das ist mir egal. Ich mache jetzt das, was für mich gut ist und nicht, was man von mir erwartet. Somit schalte ich mein Handy jetzt erstmal aus. Puh, das wird hart werden. Normalerweise bin ich ständig erreichbar oder auf Facebook eingeloggt. Meine Nachrichten dort und per Mail checke ich täglich. Nun ja, das wird sich ab sofort ändern müssen. Und das ist nicht das einzige.

Als ich im Zug sitze und plötzlich dazu verdonnert bin nachzudenken, durchströmen mich komischerweise weder Zweifel noch Ängste. Dass ich ohne meinen Job zu kündigen quasi verschollen bin, ist mir auch total egal. Wo ist mein Verantwortungsbewusstsein plötzlich hin? Bin ich überhaupt noch zurechnungsfähig? Drehe ich gerade völlig ab? In Gedanken sehe ich mein Foto schon in den Nachrichten und höre Durchsagen im Radio. Aber wie sollten die schon lauten? Ich mach ja nichts Verbotenes. Denn ich bin erwachsen und selbstständig. Ich fühle mich wie in einer Art Rauschzustand. Die beste Droge ist die Freiheit, das tun zu können, wonach einem ist. Und die

Welt ist so verdammt groß. Es gibt so viele tolle Menschen, die wir treffen sollten, so viele Landschaften, die neu für uns sind. So viele Sprachen …

Von meinen Fantasien völlig berauscht, frage ich mich, ob München überhaupt groß genug ist für mich und mein Vorhaben. Vielleicht sollte ich gleich ein fernes Land bereisen? Nein, ich sollte es jetzt nicht übertreiben. Für jetzt war München schon okay. Ich kann nicht vom 1. ins 4. Level springen. Und so werde ich erst einmal die Stadt wechseln. Wer weiß, was dann noch kommen wird.

Zum Glück habe ich an meinen iPod gedacht. Er kann mich die nächsten Stunden ein wenig ablenken von wirren Gedanken. Die Akkus werden auch bald leer sein – danach wird er für mich nutzlos, weil ich keinen Mac zum Aufladen im Gepäck habe. Aber auch das juckt mich nicht. Ich denke nicht daran, was morgen sein wird. Ich denke ja nicht einmal an die musiklose Zeit in wenigen Stunden.

Nein, ich denke nicht daran. Will nicht daran denken. Aber ich denke. Und ich beginne, mich über mich selbst zu wundern. Vor allem frage ich mich, wie ich nur so schnell mein Pflichtbewusstsein abstreifen konnte. Doch auch das ist nichts, was ich selbst zu verantworten hätte. Es wurde mir genommen! Ja, genau! Oder noch schlimmer: Es wurde zerstört – durch all die negativen und gestressten Menschen. Ihre Unzufriedenheit, ihre andauernde Wut, der Ärger, der Zeitdruck, all das, was sie mir entgegenbrachten, hat mein Bewusstsein für Pflichten zerstört. Wie soll man denn auch im Sinne der Menschen handeln, wenn sie selbst nicht die Spur verantwortungsbewusst sind? Wenn es letztlich immer nur darum geht, das Beste für einen selber herauszuholen und dabei all das, was nervt, an anderen auszulassen? Nein, ich bin nicht plötzlich verantwortungslos geworden. Ich bin nur Opfer meiner Umstände. Und die Flucht, der Abstand von all dem ist das, was mich davor bewahren wird. Daran sind nicht einmal nur die Männer Schuld. Wahrscheinlich bin ich es sogar selbst.

Die Fahrt zieht sich hin und ich mache mir keine Gedanken darüber, was ich tun werde, wenn sie beendet ist und ich ankomme. Vielleicht, weil ich es sowieso nicht weiß. Unnötige Gedanken habe ich satt. Und unnötige Fantasien ebenso. Manchmal muss man hinfallen, um zu merken, dass man die ganze Zeit schon auf einem sehr steinigen Weg unterwegs war. Füße halten schließlich einiges aus. Aber wenn du mal richtig auf die Schnauze fällst, weißt du erst, wie hart der Boden der Tatsachen tatsächlich ist. Und das ist gut so.

Flucht in München!

Als ich aus dem Zug steige, fällt mir sofort auf, dass die Luft hier nicht so dick ist. Ich kann leichter und befreiter atmen. Ein schönes Gefühl! Ich bin wie verwandelt. Von einer Sekunde auf die nächste merke ich, wie sich meine Stirn entspannt. Meine Sicht wird klarer, als hätte sich der Nebel plötzlich verzogen. Planlos aber doch zielsicher marschiere ich durch die Innenstadt und lächele selig vor mich hin. Ein paar Menschen lächeln sogar zurück. Na also, es geht doch!

Da ist sie wieder – meine Ausstrahlung, mein inneres Lächeln, das ich so lange vermisst habe. Ich habe ES wieder gefunden. Ich habe MICH wieder gefunden. Wenigstens für einen Augenblick. Es ist einfach herrlich. Ein warmer Frühlingswind umweht mein Gesicht. Viele Menschen kreuzen meinen Weg. Manche von ihnen wirken gestresst, andere scheinen zufrieden. Ich befinde mich in einem fast schon meditativen Zustand, doch bin ich so wach, wie schon lange nicht mehr.

Mir wird klar, dass ich in dieser Stadt bestimmt einiges erreichen kann. Denn ich bin schließlich nicht nach München gekommen wegen dieses seligen Zustandes oder wegen der frischen Luft. Nein, ich bin hierher gekommen, um mich völlig neu zu orientieren. Ich will verrückte Dinge erleben. Will mir keine Gedanken darüber machen müssen, was meine Mitmenschen von mir denken. Ich will nicht das Gefühl haben, mich verstellen zu müssen, um akzeptiert zu werden. Und ich will nicht mehr vor mich hinkrebsen. Ich will Erfolg, richtig echten, handfesten Erfolg! Und ich bin auch bereit, dafür zu arbeiten. Sollte ich Model werden? Oder Schauspielerin? Bin ich dafür überhaupt geeignet?

Ich scheine schon abzuheben, bevor ich überhaupt angekommen bin. Ist es wirklich das, was mich glücklich machen kann? Erfolg? Geld? Ruhm? Ich kann es zumindest probieren.

Das Schauspielern zum Beispiel hat mir doch in der Grundschule schon immer so viel Spaß gemacht! Das würde mir gefallen: vor der Kamera in die verschiedensten Rollen zu schlüpfen. Angst, Wut, Leidenschaft und Trauer verkörpern. Endlich offen sein dürfen – wenn auch nur für eine Rolle. In unserer heutigen Gesellschaft ist es doch verpönt, starke Emotionen zu leben. Gerade im Beruf. Im Büro zum Beispiel sollte man sich immer beherrschen. Ein allzu ausgelassenes Auftreten könnte den Eindruck erwecken, man hätte nicht genug zu tun. Und auch wenn es einem schlecht geht, sollte man damit besser hinter dem Berg halten. Angst, Trauer, Wut gelten doch eher als Schwächen, und die sind der beruflichen Laufbahn nicht gerade dienlich.

Dagegen das öffentliche zur Schau stellen der gesamten Bandbreite menschlicher Emotionen: ein verführerischer Gedanke! Vielleicht ist der Beruf des Schauspielers heutzutage sogar die einzige Möglichkeit, alle Gefühle ungehemmt ausleben zu können, ohne sich schämen zu müssen. Und zugleich hilft es, sich in seine Mitmenschen hinein zu versetzen.

Ich denke, ich bin dazu in der Lage. Einen Versuch wäre es wert. Nach kurzem Überlegen fällt mir auf: Noch nie in meinem Leben hatte ich Todesangst verspürt. Okay, natürlich konnte ich mich da glücklich schätzen.

Aber mal angenommen, ich müsste das jetzt und auf der Stelle authentisch rüber bringen. Dafür wäre eine Ahnung dieses Gefühls sicher von Vorteil gewesen. So überlegte ich mir einfach eine entsprechende Szene. Eine Fluchtszene. Es geht dabei natürlich um Leben und Tod.

Also: Ich werde verfolgt. Ganz plötzlich. Mehr eine Ahnung als Gewissheit. Doch ich spüre es ganz deutlich. Die Gefahr, die sich nähert. Ich gehe schneller. Drehe mich immer wieder nervös um und schaue ängstlich nach hinten. Dann fange ich an zu laufen. Meine Gesichtsmuskeln verkrampfen sich und meine Hände ballen sich zu Fäusten. Ich mache mich kampfbereit. Und schließlich fange ich doch an zu rennen. Ich renne um mein Leben. Immer wieder drehe ich mich um und schaue dabei panisch. Ich renne und renne, beginne zu weinen und kann einfach nicht mehr stehen bleiben ... Ganz neuartige, bisher noch nie verspürte Emotionen steigen in mir auf. Meine Brust schnürt sich zusammen und doch setzt sich eine noch nie verspürte Kraft und Ausdauer frei.

Da reißt mich urplötzlich jemand am Arm. Ich werde herum geschleudert und fast zu Boden gerissen. Verwirrt schaue ich mich um. Da steht ein junger Polizist, der sich sichtlich über seine Beute freut. »Na, mein wertes Fräulein, wohin so eilig? Habe ich Sie nicht eben aus dem Kaufhaus kommen sehen? Zeigen sie mir mal Ihre Tasche!«

Tasche? Hat er sie nicht mehr alle? Ich schwebe in Lebensgefahr!

Noch völlig aus der Puste stammele ich irgendetwas von Verfolgung, Leben und Tod und einer Schauspielerkarriere.

»Kommen Sie fürs Erste bitte mit – aufs Revier. Ich möchte mich gerne ein wenig mit Ihnen unterhalten.«

Wie peinlich ist das denn?! Ich, eine Diebin? Sollte das schon das Ende meiner Selbstfindung sein? Ich finde doch wohl kaum auf einem Polizeirevier zu mir, oder? Zum Glück bin ich nicht mehr minderjährig. Sonst hätten die bestimmt meine Eltern angerufen: »Wir haben Ihre Tochter bei uns. Kommen Sie bitte schnellstmöglich vorbei.«

Meine Mutter mit verheulten Augen – mein Vater mit bösem Blick. Oder andersherum. Das wäre mir in dem Moment dann auch egal gewesen.

Realität! Bitte aussteigen!

Mir bleibt keine Wahl. Ich folge dem Polizisten aufs Revier. Dort angekommen muss ich erst einmal im Gang Platz nehmen. Während dieser kurzen Wartezeit gehen bestimmt drei Junkies, zwei Schlägerkids und eine Prostituierte an mir vorbei. Wenig später sitze ich im Polizeibüro, wo der zuständige Beamte versucht, den vermeintlichen Diebstahl mit versuchter Flucht aufzuklären.

»Ich kann Sie durchaus verstehen. Das muss ja doch etwas seltsam auf Sie gewirkt haben, dass ich geflohen bin. Ich bin Schauspielschülerin und wir üben zur Zeit ›Angst und Flucht‹. Wissen Sie, ich wollte eigentlich nur meine Hausaufgaben machen. Es tut mir sehr leid, dass ich Ihre Zeit gestohlen habe! Aber was anderes mit Sicherheit nicht!« Ich komme mir zwar sehr dumm, aber durchaus clever vor. Mein selbstbewusstes Lächeln scheint Wirkung zu zeigen. Er untersucht meine Tasche und schaut mich dabei skeptisch an: »Und wieso haben Sie das nicht gleich gesagt? Wo kämen wir denn hin, wenn jeder Schauspieler diverse Szenen mitten in der Stadt übt? Was machen Sie denn morgen? Eine Überfallszene? Oder dann doch mal einen richtigen Diebstahl?« Er wirkt nun genervt und ein wenig gelangweilt von meinen ›Spielchen‹.

Okay, ich kann den armen Polizisten ja sogar verstehen. Und er hat Recht. So wie heute habe ich mich selbst noch nie erlebt. Das ist eine ganz neue Seite an mir. Dass ich mich so in eine Rolle versetzen könnte, dass ich gar nicht mitbekomme, wo ich bin und was ich tue … also, ein wenig stolz bin ich schon auf mich!

Warum? Na ja, ich bin aus mir rausgegangen. Ich habe heute meine Schamgrenze überwunden und mir keine Gedanken gemacht, was die anderen Passanten denken könnten. Und das, oh ja, das ist eine Genugtuung! Der Polizist ist noch immer leicht irritiert, dennoch hat er ein Einsehen: »Gut, Sie dürfen gehen. Anscheinend haben Sie ja wirklich nichts mitgehen lassen. Es passiert nun mal nicht so oft, dass junge Frauen heulend und fluchtartig durch die Stadt rennen. Sollen wir Sie noch nach Hause fahren?«

Wieso ist er denn jetzt auf einmal so hilfsbereit? Ich überlege kurz: »Nach Hause? Nein danke, ich wohne nicht weit von hier.«

Fast ein wenig enttäuscht verlasse ich das Polizeigebäude und stehe zum ersten Mal an diesem Tag etwas planlos in der Abenddämmerung herum.

Nach Hause! Dieses Wort muss ich vorerst aus meinem Wortschatz streichen. Dafür benutze ich jetzt neue Begriffe wie Freiheit, Ungebundenheit und unbeschreibliche Ausgeglichenheit. Ich muss schmunzeln. Die erste Szene meines ganz persönlichen Films ist im Kasten. Und die Polizei hat mir das Schauspiel abgekauft. Mann, ich muss wirklich sehr authentisch gewesen sein.

Lou – Isa – Louisa!

Während ich noch vor der Polizeistation stehe und ein wenig sparsam in den Abendhimmel schaue, erklingt hinter mir wie aus dem Nichts eine Stimme: »Hi! Ich bin Louisa! Wie Lou und Isa! Also drei Namen zum Preis von einem. Du bist ja 'ne krasse Braut! Hab eben da drin alles mitbekommen.«

»Hä«, entgegne ich verwirrt und drehe mich um. »Wer bist du denn? Und was hast DU auf dem Revier gemacht?«

Ich mustere sie von oben bis unten. Und zugegebenermaßen klingt meine Frage ein wenig herablassend. Mein Gegenüber scheint das jedoch gar nicht zu bemerken oder aber stört sich nicht daran.

»Och, bin mit 'n paar Gramm erwischt worden. Kann passieren. Selber schuld!«

Aha! Ich will gar nicht wissen, von welchem Zeug die Mrs. ›Drei-Namen-Zum-Preis-Von-Einem‹ ein paar Gramm zuviel dabei hatte. Mit Drogen hab ich absolut nichts am Hut. Auch wenn ich mir im Moment so vorkomme, als hätte ich nicht nur was dabei, sondern sogar intus. Denn gerade halte ich mich selber für etwas überdreht. Zumindest bis eben.

Denn diese Lou oder Isa oder Louisa – ach, ich werde schon ganz blöd bei den vielen Namen –, auf jeden Fall hat diese Frau den Mega-Knall. Steht hier vor mir und erzählt einer völlig Fremden, dass sie grad wegen irgendeiner offensichtlich illegalen Substanz bei den Bullen war und scheint auch noch stolz drauf zu sein. Das relativiert mein Selbstempfinden doch dramatisch, so dass ich mir auf einmal wieder verdammt normal vorkomme. So normal, dass ganz leichte Zweifel an meinem Abenteuer aufzukommen drohen. Ist es falsch, was ich hier mache? ... Hey! Wer denkt das gerade?! Ich? Ich, die doch eben noch zu 100 Prozent von sich und ihrem Handeln überzeugt war? Ist doch nicht illegal, was ich hier treibe. Schließlich hab ich nichts mit Drogen oder anderem Zeug zu tun. Somit verbanne ich alle Ängste und Gesichter, die mich gerade im Geiste vorwurfsvoll ansahen, bis in die hintersten Winkel meines Bewusstseins. Ich befinde mich auf einer Reise – einer Reise zu mir. Und wenn diese Reise so lange dauert, dass Band 1, 2 und 3 meines Tagebuches gefüllt werden müssen, dann ist es eben so! Ich würde nicht eher zurückkehren, bis ich mein Ziel erreicht hätte.

So stehe ich da, grübel und versuche mir selbst Mut zu machen, bis ...

»Hey du! Bist du noch da? Alles klar bei dir? Hast' was zu rauchen? Mir haben's die Bullen doch abgenommen.«

Louisa reißt mich mit ihrer indiskreten Direktheit aus meiner morbiden Gedankenwelt. Als wäre ich überrascht von ihrer Gegenwart, starre ich sie schweigend an. Komischerweise finde ich sie auf den ersten Blick gar nicht mal unsympathisch. Zweifellos durchgedreht, das schon. Doch ihre unbekümmerte Art bedeutet zumindest eine gewisse Ablenkung. Solange sie auf mich einquasselt, brauch ich mir wenigstens keine Sorgen um meine nähere Zukunft machen, denke ich, und schon prasselt der nächste Kommentar auf mich ein: »Ich hab dich in der Szene noch nie gesehen. Bist du neu hier?«

»Äh … ja, sehr neu«, stottere ich. »Ich bin heute erst angekommen.«

Damit scheint für sie alles klar. Sie packt mich am Ärmel und zieht mich einfach mit. »Kannst mit zu mir. Ich hab gern Gesellschaft«, plappert sie unbekümmert. Nicht mal auf eine Antwort wartet sie. Ich stolpere hinter ihr her und ehrlich gesagt: Auch wenn ich eben noch voller Misstrauen war, kann ich mir im Moment keine bessere Mitbewohnerin vorstellen. Ich stelle mir Isa zwar ziemlich chaotisch und ihre Lebensumstände sogar etwas … nun ja, *schmuddelig* vor, aber sie scheint eine ehrliche Haut zu sein. Ihre direkte und unbekümmerte Art bewundere ich schon jetzt insgeheim. Ich fühle mich wohl bei ihr. Sie ist kein Mensch, der erst mal alles hinterfragt und dann die Nase rümpft. Okay, Fragen stellt sie schon sehr viele. Aber sie verurteilt niemanden auf Grund seiner Antworten. Und wenn ich ihr auf die Frage, was mich nach München treibt, geantwortet hätte »Ich möchte eine Büffelfarm eröffnen und die Felle als Wärmflaschenbezug verkaufen.«, hätte sie mit Sicherheit gelacht und nicht weiter nachgefragt. Vielleicht hätte sie sogar die glorreiche Idee gehabt, in das Geschäft mit einzusteigen. Gewundert hätte es mich nicht. Sie ist einfach offen für Neues, offen für Skurriles und offen gegenüber allen Lebensformen. Insgeheim wünsche ich mir sogar schon ein bisschen, wie sie sein zu können. In meinem ›alten Leben‹ wäre das gar nicht möglich gewesen. Im Büro zählen Zuverlässigkeit und Disziplin. Höflichkeit und gutes Benehmen sind ebenso unerlässlich. Da kann man nicht aufstehen, wann man möchte. Man darf nicht sagen, was man denkt. Nicht einmal anziehen, wonach einem gerade ist. Es gibt Regeln und Hierarchien. Louisa scheint solche ungeschriebenen Gesetze und Konventionen nicht zu kennen. Wenn sie zu etwas gerade keine Lust hat, würde sie das sicher geradeaus sagen oder sich schlicht verweigern. Auf Statussymbole legt sie bestimmt keinen Wert. Auf Sauberkeit ebenso wenig. Wenn mir zuhause ein Krümel auf den Boden fällt, muss ich ihn sofort aufheben. Ich kann's einfach nicht ändern. Und herumstehende Wäsche kann ich auch nicht leiden. Das nervt mich jedes Mal, wenn ich daran vorbeilaufe. Isa juckt das nicht die Bohne. Und das ahne ich alles schon, bevor ich ihre Bude betrete.

Als wir vor der Wohnung stehen, habe ich bereits das Gefühl, Lou seit Ewigkeiten zu kennen. Und das nach so kurzer Zeit. Verrückt eigentlich. Denn sie ist eine wildfremde Person. Ich hingegen habe noch nicht viel von mir preisgegeben. Doch sie erzählt ungehemmt und frei von der Leber weg von ihrem bisherigen Leben. Sie arbeitet in einem Kräuter-Laden und kennt sich mit den Heilwirkungen unglaublich vieler Pflanzen aus. Die Hanfzucht hat sie allerdings vor einiger Zeit aufgegeben, da sie von der Polizei erwischt wurde. Sie findet das Leben zu kostbar, als dass sie es im Knast verbringen möchte. Löblich, löblich!

Aus ihrer Tasche kramt sie den Hausschlüssel hervor. Der Schlüsselanhänger besteht aus vielen bunten und wild verknoteten dünnen Lederbändern. Mit Stil hat der definitiv nichts zu tun.

Auch das Haus sah bereits von außen alles andere als vielversprechend aus. Als sie die Wohnungstür öffnet, springen mich die 70er Jahre förmlich von allen Seiten an. Eine runde Kugellampe baumelt gefährlich locker von der Decke. Die Tapete zeigt sich in einem braun-orangefarbenen ›Hypnose-Swirl-Muster‹. Da wird mir ja im nüchternen Zustand schon schlecht! An der Decke sind wilde, bunte Blumenmuster abgebildet. Möbel hat sie nicht viele. Eher hat sie wohl ein Faible dafür, alles in kleine Kisten zu stopfen. Im Wohnzimmer steht eine große davon. Meiner Einschätzung nach war das mal eine Umzugskiste. Meine Gastgeberin hat einfach ein großes, schrill-grünes Tuch darüber geworfen. Außen herum sind mehrere kleinere Schachteln drapiert. Es wirkt wie das Wrack eines Schiffes auf dem Meeresboden, an dem sich Korallen gebildet haben und das nun Fischen als Unterkunft dient. Es integriert sich langsam aber sicher in das restliche Umfeld. Keine Ahnung, warum mir ausgerechnet dieser Vergleich in den Sinn kommt, aber bevor ich noch eine andere Assoziation entwickeln kann, streckt sich Louisas Katze Minka unter dem langen grünen Tuch hervor.

Wir schauen weiter ins Badezimmer. Dabei frage ich mich ernsthaft, was wohl in einer Frau vorgehen mag, die in einer Wohnung lebt, in der der Klodeckel einen knallgrünen Bezug hat, die Fliesen blutrot sind und der Duschvorhang in einem neutralen grau erstrahlt – mit schwarzen Spritzern, wohl bemerkt. Ich werde den Verdacht nicht los, dass der anfangs einmal weiß gewesen war! Igitt! Ich rümpfe die Nase, allerdings tue ich so, als würde mich etwas dort kitzeln, so dass meine Gastgeberin von meinem Ekelschock nichts mitbekommt. Es war ja schließlich überaus nett, dass Lou mir mit einer derartigen Gastfreundschaft gleich ihre Räumlichkeiten vorführt. Und eigentlich ist es ja auch egal. Geschmäcker sind eben verschieden und das Empfinden für Hygiene auch. Und schließlich bin ich ja auf Reisen gegangen, um andere Orte, andere Menschen und andere Lebensweisen kennen zu lernen. Also bin ich genau richtig hier in München – bei der abgedrehten Isa. Noch mehr ›anders‹ geht es schließlich kaum. Und eine andere Übernachtungsmöglichkeit habe ich auch nicht.

Wir gehen zurück zu der ›Korallenkiste‹ und ich betrachte meine Gastgeberin einen Moment, als sie vor dem Sofa steht. Sie ist eigentlich eine durchaus attraktive Erscheinung. Ihre langen schwarzen Haare glänzen im schwachen Kerzenlicht. Die leichten Naturlocken schlagen wild und doch geordnet um ihr Gesicht. Ihre leuchtenden, grünen Augen bilden einen schönen Kontrast zu ihren vollen roten Lippen. Die vorderen beiden Zähne stehen ein wenig schief übereinander. Aber das macht ihr Lachen nur noch sympathischer. Und wenn sie lacht, vibriert ihr ganzer Körper. Beim Erzählen wirbeln ihre Arme wild durch die Luft. Sie wirkt so lebendig und niemals gelangweilt.

Wir machen es uns im Wohnzimmer mit Bier und selbstgebackenen Cookies auf dem Sofa gemütlich. Nach drei Keksen fühle ich mich komisch benommen. Aber das stört mich nicht weiter. Wahrscheinlich bin ich das Bier nicht gewohnt. Wahrscheinlicher noch: sie hat was von ihren ›Kräutern‹ (Räusper!) in die komischen Kekse gebacken hat. Doch ich beschließe gar nicht erst nachzufragen. Denn die Erzählungen von Lou interessierten mich gerade weitaus mehr.

Sie hat mit ihren 26 Jahren bereits ein sehr bewegtes Leben hinter sich. Ihre Mutter starb an Krebs, als sie 12 war. Alles ging sehr plötzlich und eine Heilung war nie in Sicht. Ab diesem Zeitpunkt verlor sie auch ihren Glauben an Gott. Denn seit ihr die wichtigste Person in ihrem Leben auf diese ungerechte Art und Weise genommen wurde, hatte sie nie wieder eine Kirche betreten können. Und auch ihre Lebenseinstellung hatte sie um 180° gedreht. Früher war sie strebsam in der Schule, hatte sogar einmal eine Klasse übersprungen.

Isa erzählt mir: »Seit dem Tod meiner Mutter weiß ich, was wirklich wichtig ist. Ich verbringe die Zeit nur noch mit Menschen, die ich mag! Früher hab ich sehr viel gelernt und dadurch weniger Zeit mit meiner Mutter verbringen können. Als sie dann starb, habe ich es bereut und ... nun ja, ich wollte nie wieder einen Menschen so verlieren!« Sie macht eine kurze Pause und holt tief Luft. Dann fährt sie fort: »Doch dann lernte ich Joe kennen und schöpfte neue Kraft. Ich wurde auch bereits nach wenigen Wochen Beziehung schwanger von ihm. Das Kind war ein Unfall, aber ich wollte es trotzdem, denn ich liebte ihn. Doch nach zwei Monaten Schwangerschaft war mir Joe untreu. Ich stürzte in ein tiefes Loch und hatte eine Fehlgeburt. Wieder einmal wurde mir klar, dass es keinen Gott geben kann. Er hat mich erneut verraten und im Stich gelassen. Daraufhin habe ich mich nicht nur von ihm abgewendet, ich begann ihn sogar zu hassen. Denn genau das, was Joe mir angetan hatte, hatte mein Vater meiner Mutter angetan, als sie mit mir schwanger war.«

Lou wirkt während ihrer Erzählung sehr gefasst und beinahe kühl. Ich allerdings kann mich so gut in ihre Situation hineinfühlen, dass ich ihr mit Worten gar nicht sagen kann, wie gut ich sie verstehe. Daher setze ich mich einfach dicht neben sie und schenke ihr eine tröstende Umarmung. Jetzt fängt Lou doch leise an zu schluchzen. Ich vermute, dass sie ihre Gefühle schon sehr lange nicht mehr zugelassen hatte. Ein wenig tut es mir leid, dass dieser lustige Abend derartig enden muss. Aber die Tatsache, dass mir Lou ihre Gefühle offenbart, ist eine große Ehre für mich. ›Ehre‹ ist vielleicht das falsche Wort. Aber ich fühle mich geschmeichelt.

Als hätte sie meine Gedanken gelesen, löst sie sich aus der Umarmung und sieht mich an: »Du bist lieb! Weißt du das? Es gibt sehr wenige Menschen, denen ich meine Geschichte erzählt habe. Ich hasse Mitleid und bin nicht gerne traurig! Also, versteh das verdammt noch mal als Kompliment, hörst du?« Lou kneift mir lächelnd in die Backe und erhebt sich von ihrem Platz. Ich lächele zurück und kann mir dabei ein herzhaftes Gähnen nicht verkneifen.

»Lass uns schlafen gehen!«, zwinkert Lou mich an. »Kannst dich auf das Sofa legen. Du siehst verdammt müde aus. War sicher ein anstrengender Tag für dich. Penn dich aus.« Sie verschwindet kurz und kommt mit einer Decke wieder. Kaum liege ich auf dem Sofa, fallen mir auch schon die Augen zu. Benommen nehme ich wahr, wie ich vorsichtig zugedeckt werde. Die Decke riecht ziemlich stark nach Hund. Meine Frage nach dem Grund kann ich allerdings nicht mehr äußern. Dafür fehlen mir die Kräfte. Ich gleite in einen wohlverdienten, tiefen Schlaf. Befreit von allen Gedanken, vom schlechten Gewissen. Und auch von allen Ängsten, die ich habe. Es tut gut. Es tut gut, einmal abschalten zu können.

Als ich wieder aufwache, ist es bereits kurz nach 12 Uhr. Die Sonne lacht durchs Fenster. Na, denke ich, das könnte man ja mal wieder putzen! Aber egal. Würde ich Lou darauf aufmerksam machen, käme sicher irgendwas von wegen UV-Filter oder so. Sie hat ja immer die passende Antwort parat. Gerade allerdings verrät überhaupt nichts ihre Anwesenheit. Also gehe ich erst einmal unter die Dusche.

Als ich fertig bin und noch immer keine Lou zu sehen oder zu hören ist, schreib ich ihr einfach einen kleinen Zettel, denn es treibt mich weiter an diesem schönen, sonnigen Tag.

Kurzum verfasse ich folgenden Brief:

Liebe Louisa,
vielen Dank, dass du mich so herzlich aufgenommen hast!
Du hast mir sehr geholfen. Ich hätte sonst sicherlich keine Unterkunft mehr gefunden. Wenn du mich brauchst …

Ich lese noch mal. Mann, das klingt aber geschwollen. Bin das wirklich ich? Hört sich schlimmer an, als würde es meine Oma schreiben. Eigentlich fühle ich doch ganz anders! Also, Zettel in den Müll und das ganze noch einmal:

Hey Lou, hey Isa und Louisa! ;-)
3 in einem! Witzige Frau! Chaotische Bude! Und eine stinkende Sofadecke!
… Sag mal, hast du 'nen Hund? Egal! Auf jeden Fall war das für die Nacht genau das Richtige für mich!
Wenn du mich mal brauchen solltest und ich dir helfen kann (z.B. beim Fenster putzen ;-)) … just call me! I'll be available for you: 0176542588154.

Das Englische gefällt mir. Klingt irgendwie cooler, weltoffener. Besser zumindest als ›Ruf mich an!‹. Das hat so einen fordernden Unterton. Und in dieser Umgebung, gegenüber dieser Frau kann man nicht fordern, kann man nicht spießig sein, muss man einen englischen Nachsatz auf den Zettel schreiben, den man da lässt nach einer solchen Nacht.

Etwas wehmütig gehe ich zur Tür und lasse sie hinter mir ins Schloss fallen. Es war eine verrückte Begegnung mit einer verrückten Frau. Die auf den ersten Blick sehr oberflächlich schien. Sich dann aber als tiefgründig und stark entpuppt hat. Ich bin wahnsinnig froh, sie getroffen zu haben. Meine Einstellung zu gewissen Dingen hat sich durch diese eine Person und diesen einen Abend geändert. Denn oftmals streben wir zu stark nach Erfolg im Beruf. Dabei vergessen wir, was eigentlich wichtig ist. Und zwar zu leben. Sich anderen Menschen einfach zu öffnen ohne Angst, auch mal Schwächen zu zeigen. Das hatte Lou getan und ich war ihr sehr dankbar dafür. Doch nun war es Zeit weiter zu gehen. Denn ich fühle mich noch immer ruhelos und neugierig.

Der erste Job!

Da ich schnell einen Job brauche und für diese ganze Bewerbungsprozedur keine Zeit habe, überlege ich mir, vielleicht in einer Kneipe anzufragen, ob ich dort im Service arbeiten kann. Zwar habe ich in der Gastronomie keinerlei Erfahrung und ich lasse auch ständig Dinge fallen, aber das weiß ja keiner und zudem mache ich das mit meinem Charme locker wieder wett. Theoretisch ist ja alles ganz einfach und ich kann mich gut verkaufen. Außerdem wäre es eine gute Möglichkeit, unter Menschen zu sein und neue Kontakte zu knüpfen. Unter gut gelaunten Menschen wohlgemerkt. Nicht so gestresste Büroheinis, die sich aufregen, wenn der Drucker mal wieder genau zur falschen Zeit kein Papier hat. Schlimm so was. Mein Eifer wird ein wenig gebremst, als ich merke, dass ich viel zu früh dran bin. Denn alle Kneipen haben noch geschlossen. Bevor ich mich darüber ärgern kann, fängt mein Magen wie wahnsinnig an zu knurren. Und wenn ich Hunger habe, kann ich nicht denken und erst recht niemanden von meinen Qualitäten als Kellnerin überzeugen. Also auf zum nächsten Bäcker! Der ist hier in München auch nicht schwer zu finden.

Ein belegtes Schinken-Käse-Baguette mit Ei, frischem Salat und Tomaten kann so verdammt lecker sein. Ja, jetzt bin ich wieder bereit für neue Abenteuer. Und als ich mir gerade den letzten Bissen genehmige und nach einem Mülleimer für die leere Papiertüte Ausschau halte, fällt mein Blick plötzlich auf einen kleinen Aufsteller: ›Messe-Hostessen gesucht! Bitte bei der Agentur Sunshine melden!‹

Ich als Messe-Hostess? Na, warum eigentlich nicht? Und da sich die Agentur gleich um die Ecke befindet, wenn man dem Plan auf dem Plakat glauben schenken kann, mache ich mich auf den Weg und habe ein verdammt gutes Gefühl, den Job zu bekommen.

Satt und selbstsicher betrete ich die Tür zur Agentur Sunshine.

»Hi!«, sage ich zu dem Kerlchen in dem eleganten Vorraum und setze mein schönstes Lächeln auf – sozusagen als Referenz für den Job. Und es wirkt: ich werde sofort zur Chefin ins Büro geschickt. Sie quatscht ein wenig mit mir und resümiert nach einer Weile knapp: »Du bist super! Hast den Job! Morgen Früh geht's los! Mach alles Weitere bitte mit Ricky aus«, sagt sie und vertieft sich noch beim Sprechen bereits wieder in die Unterlagen auf ihrem Schreibtisch.

Ricky ist – wie sich herausstellt – der Praktikant. Er erklärt mir alles Weitere. Ich würde für eine Woche Arbeit auf der Messe pro Tag 250 Euro bekommen. »Wir treffen uns morgen um 9 Uhr. Die Messe nennt sich ›Feinkost und Delikatessen Messe München‹.«

Ich finde den Namen zwar ziemlich bescheuert, da Feinkost und Delikatessen für mich ein und dasselbe sind, aber bei 250 Euro pro Tag werde ich mich sicher nicht über derartige Belanglosigkeiten aufregen. Auch eine Unterkunft für alle Auswärtskommenden bietet die Agentur an! 50 Euro pro Nacht – mit Frühstück. Ja, das ist okay! Dann blieben mir immerhin noch 200 Euro von meiner Tagesgage. Und ich hab was, wo ich in den nächsten Tagen unterkommen kann. Wow, kann ich da nur sagen! Wirklich nicht schlecht für den ersten Tag! Ich kann mein Glück kaum fassen. Ich bin sehr zufrieden mit mir und meiner Entscheidung. Und wenn ich glücklich bin, möchte ich das am liebsten der ganzen Welt erzählen. Daher flammt kurz ein Gedanke in mir auf: Ich könnte ja mal mein Handy anmachen und wenigstens meine Family wissen lassen, dass es mir gut geht! Ich bin so aufgedreht und euphorisch, dass ich mich mitteilen muss, dass meine selbst gewählte Kontaktsperre gar nicht mehr so nötig scheint. Ich überlege hin und her. Insgeheim weiß ich, dass mich der Gedanke nicht eher wieder loslassen wird, bis ich mich durchgerungen habe. Und dennoch: Soll ich oder soll ich nicht? Es geht ja schließlich nicht nur darum, meiner Familie Hallo zu sagen. Bestimmt ist mein Anrufbeantworter voll von panischen Anrufen und mein Speicher überlastet von unliebsamen SMS. Will ich mir das wirklich antun? Allerdings: Früher oder später muss ich eh da durch. Dann doch lieber in einem Moment, in dem ich so stark und glücklich bin wie jetzt. Ich denke, gerade könnte ich am besten damit umgehen. Also los!

58 Anrufe in Abwesenheit! Verdammt! Ich hab's gewusst. Sofort bereue ich meine Entscheidung. Schnell schalte ich mein Handy wieder aus, als könne ich so das schlimmste noch verhindern. Wie viele SMS ich hatte, warte ich gar nicht erst ab. Oh nein! Was soll ich nur tun? Das Bedürfnis mich mitzuteilen, ist ja immer noch da. Ich könnte ja ganz kurz eine Nachricht schreiben, dass alles super ist und sich keiner Sorgen machen muss!

Ich mache also mein Handy wieder an und beschließe, nur zu tun, was ich tun muss und alles andere einfach zu ignorieren. Genau in dem Moment, als das Gerät hochgefahren ist, fängt es auch schon an zu klingeln! ›Mum ruft an.‹ Scheiße! Bin ich mutig genug, um das Gespräch anzunehmen? Okay, was soll das? Ich wollte mich so wie so bei ihr melden. Und es ist meine Mutter! Ich sollte mich wirklich nicht so anstellen. Also gehe ich ran. »Hey Mum, mir geht's gut! Brauchst dir keine Sorgen zu machen!«, plappere ich einfach drauf los. Stille am anderen Ende. Sie hat wohl nicht damit gerechnet, dass ich den Hörer abnehme.

Dann legt sie los: »Was geht bloß in dir vor? Was ist los mit dir? Was soll das? Spinnst du total? Du haust einfach ab! Wir machen uns Sorgen! Wir wissen ja nicht mal, ob es dir gut geht! Komm doch zurück! Wo bist du überhaupt? Die Firma hat schon bei uns angerufen!«

Schlagartig wird mir bewusst, dass ich überhaupt gar keine Lust auf diese Diskussionen habe. Meine Antwort fällt entsprechend knapp aus: »Macht euch keine Sorgen! Ich brauche einfach nur Zeit für mich! Mir geht es gut und ich weiß, dass ich das Richtige tue! Bitte lasst mich einfach in Ruhe! Ich melde mich bei euch!«

Zack – schon habe ich aufgelegt und das Handy wieder ausgeschaltet. Puh, ich bin erleichtert. Ein bisschen komme ich mir vor, als wäre ich gerade einer großen Gefahr entkommen. Und ich merke, wie sich mein Dauergrinsen verflüchtigt.

Da ist es wieder, das lähmende Gift, das gerade in mich eindringt. Meine Familie! Ich weiß, sie meinen es nur gut mit mir, aber das macht mich fertig. Diese ständige Kontrolle, diese Angst, diese Zweifel an meinen Entscheidungen! Ja, das verletzt und erniedrigt mich am meisten. Die Zweifel an mir, meinen Leistungen und meiner Menschenkenntnis. Weg! Raus! Flucht! Da sind sie wieder, die Worte, die sich festgesetzt haben in meinem Kopf! Und diesmal schwöre ich mir endgültig: Mein Handy bleibt aus! So! Nachdem ich das mit mir geklärt habe, fasse ich mich langsam wieder. Doch habe ich plötzlich Angst davor, einem bekannten Gesicht über den Weg zu laufen. Dieser Verfolgungswahn zeigt mir deutlich, dass die negativen Einflüsse meiner Umwelt und meines engsten Familienkreises immer noch tief in meinen Knochen sitzen.

Alkohol! Viel, viel Alkohol!

Ich beschließe, den restlichen Tag damit zu verbringen, durch München zu schlendern. Einfach ziellos durch die Straßen laufen und die Seele ein wenig baumeln lassen. Einfach mal an nichts denken und sich über nichts Sorgen machen müssen. Ich nehme mir vor, das in Zukunft öfter zu tun. ›Gedankenfasten‹ – Entschlackung für den Geist. So stelle ich mir das bildhaft vor. In meiner Unterkunft schaue ich auch kurz vorbei. Aber nur, um schnell meine Sachen abzustellen. Denn es treibt mich weiter.

Es dämmert mittlerweile zwar, aber ich will unbedingt ein paar der Kneipen kennenlernen. Vergnügt laufe ich durch die Innenstadt und verspüre plötzlich die unbändige Lust mich zu betrinken. Einfach nur so! Vielleicht auch wegen des Ärgers heute. Oder weil keiner hier ist, der mich kennt und ich mich deshalb auch nicht zusammenreißen muss! Also steuere ich zielsicher einfach die nächste Kneipe an. *Die Grottenoper* ist über dem Eingang zu lesen. Komischer Name. Erinnert ein bisschen an *Die Drei-Groschenoper* von Brecht. Ist das Absicht? Vielleicht hört sich ›Groschenoper‹ ja aus dem Munde eines Betrunkenen an wie ›Grottenoper‹. Das könnte ich später ja mal ausprobieren. Oder auch nicht. Na, wie auch immer.

Zielsicher betrete ich die Bar und nehme genau in der Mitte des Raumes Platz. »Happy Hour!«, brüllt mir da auch gleich jemand ins Ohr.

»Wie bitte?« Ich bin ein wenig überrumpelt und kann die nötigen Schlüsse nicht auf Anhieb ziehen.

»Wir haben noch vier Minuten Happy Hour«, wiederholt ein Mann mit Stift und Zettel, der mich nun erwartungsvoll anblickt. Ich habe mich etwas erholt von dem Schrecken und kombiniere scharf: Das muss der Kellner sein.

»Noch vier Minuten?«, wiederhole ich, um Zeit zu gewinnen. »Dann bring mir doch bitte einen fruchtigen Cocktail mit ordentlich Zündung!«

... mit ordentlich Zündung? Habe ich das wirklich gerade gesagt? Ich grinse in mich hinein. Auch der Kellner grinst und zieht ab, ohne sich etwas zu notieren. Da sitze ich nun. Normalerweise würde ich, wenn ich so alleine da säße, erst einmal mein Handy rausholen und irgendetwas tippeln, weil es einfach nur blöd aussieht, in einer Kneipe allein an einem Tisch zu sitzen ohne wenigstens so zu tun, als könne man sich auch gut mit sich selbst beschäftigen. Vielleicht komm ich mir auch nur blöd dabei vor. Sonst bin ich ja schließlich immer mit anderen unterwegs. Denn wer setzt sich schon alleine in eine Bar? Doch da die Option mit dem Handy gestrichen ist und ich nichts dabei habe, was ich nun beiläufig zur Hand nehmen könnte, bin ich gezwungen, meinen Blick schweifen zu lassen.

Da erfassen mich auch schon zwei Augenpaare! Dieser kurze Augenblick des gegenseitigen Maßnehmens scheint schon Aufforderung genug gewesen zu sein, denn schon kommen sie näher: »Hi, ich bin Tim und das ist Steve! Wir sind neu in der Stadt und wollten dich fragen ...«

»Halt! Das kannst du dir sparen! Ich bin auch neu hier! Ich kann euch also leider nicht helfen«, erwidere ich prompt und ärgere mich auch schon über mich. Wieso muss ich eigentlich immer so ruppig sein?

Meine Schwester konnte es schon früher nicht leiden, wenn ich so ekelhaft reagierte. Und die beiden scheinen doch ganz angenehme Zeitgenossen zu sein. Ich versuche schnell, die Situation zu retten, um nicht als arrogante Zicke dazustehen: »Also, ich bin mit Sicherheit neuer in der Stadt als ihr! Bin gestern angereist – aus dem tiefen Dschungel der Franken!« Ich zwinkere kokett und schaue dabei so verschmitzt wie nur irgendwie möglich.

Tim lächelt und Steve fängt lauthals an zu lachen. Na, so witzig war das jetzt nun auch wieder nicht! Ich mag es eigentlich nicht, wenn ich schlechte Witze mache und die Leute so tun, als hätte ich gerade Mario Barth beim ›Spaß-Contest der Giganten‹ geschlagen.

Das Erscheinen des Kellners, der meinen Cocktail vor mich hinstellt, bewahrt mich davor, schon wieder eine unfreundliche Bemerkung zu machen. Ich starre in die leuchtend rote Flüssigkeit: »Was ist das jetzt für einer?«, will ich wissen.

»Special Mix! Extra für dich gemischt! Steht nicht auf der Karte.«

Der Kellner wartet grinsend meinen ersten Schluck ab. Ein wenig verlegen genehmige ich mir diesen und stelle dann erleichtert fest, dass er verdammt lecker ist. »Und? Genug Zündung oder soll ich nachladen?« Dabei werde ich frech vom ›Mixer‹ angegrinst.

»Passt zum Einstieg. Aber lade schon mal den nächsten.« Ich proste in die Runde und fühl mich sauwohl in diesem Moment.

Das sehen meine neuen Bekanntschaften sofort als Einladung, holen ihre Sachen und die halbausgetrunkenen Gläser und setzen sich zu mir an den Tisch. Der Kellner zieht lachend weiter. Da sitzen wir nun zu dritt und ich habe nichts dagegen, nun die ›Henne im Korb‹ zu sein. So nimmt der Abend seinen Lauf. Die beiden Jungs werden immer lustiger, was wahrscheinlich auch daran liegt, dass sie eine Tequila-Runde nach der anderen schmeißen. Mir soll es recht sein! Ich hatte sowieso vor, mich sinnvoll zu betrinken und da kommen mir die beiden gerade recht. Zudem unterhalten sie mich gut. Sie erzählen lustige Geschichten aus ihrem Leben, zum Beispiel als sie in Australien waren und von einem Känguru angegriffen wurden. Manch eine Anekdote klingt natürlich etwas haarsträubend und ich bin mir nicht sicher, ob das alles auch wirklich so stimmt, aber das ist mir im Moment völlig egal.

Irgendwann merke ich dann, dass sich alles um mich herum zu drehen scheint. Ich schließe kurz die Augen und öffne sie langsam wieder. So genau weiß ich nicht, was das bringen soll. Und tatsächlich wird es davon auch nicht besser. »Mir ist schlecht! Sorry, Jungs, aber ich muss ins Hotel, bevor ich noch anfange, euch zum kotzen zu finden.«

Steve fängt schon wieder lauthals an zu lachen – Was zum Teufel findet der bloß immer so witzig? –, und Tim fragt mich, ob er mich zum Hotel begleiten soll. Ich bejahe, weil ich mich bei meinem geschätzten Promillewert leider außer Stande sehe, die Adresse selbst zu finden. Wir verabschieden uns von Steve, dem es auch nicht mehr so gut geht und der lieber schnell nach Hause will.

Tim und ich wanken also gemeinsam los. Zwar kennt er sich auch nicht aus. Aber er weiß sich wesentlich besser zu helfen als ich – momentan zumindest. Jedenfalls bin ich nicht mehr fähig, mir irgendwelche U-Bahn Pläne anzuschauen. Ich bin viel zu müde und erledigt – und außerdem viel zu dicht. Aber zum Glück ist ja mein ›Helferlein‹ dabei. Männer können manchmal wirklich verdammt nützlich sein. Und er versucht nicht einmal, die Situation auszunutzen. Ich frage mich kurz, ob ich mich schlecht fühlen soll. Nicht wegen dem Alkohol, sondern wegen … Äh, wie hieß er gleich? Ach ja, wegen Tim. Auf der anderen Seite habe ich ihm doch keinerlei Versprechungen gemacht und wir hatten nur eine amüsante Unterhaltung. Schnell merke ich, dass ich viel zu betrunken bin, um solch komplizierte Gedanken weiter zu verfolgen.

Nach einer halben Ewigkeit sind wir endlich vor dem Hotel. Na ja, Jugendherberge würde es wohl eher treffen. Jetzt kann ich ja mal genauer hinsehen. Also lege ich den Kopf in den Nacken und starre an die Hauswand. Es sieht von außen so aus, als würde man hier nur absteigen, wenn die Alternative hieße, unter einer Brücke zu nächtigen. Großartig! Wieso fällt mir das jetzt auf, wenn ich sturzbetrunken bin?

»Sehen wir uns wieder?« Ich löse mich von dem Anblick meiner Behausung und schaue auf meinen Begleiter. Fast hatte ich vergessen, dass er noch neben mir steht. Tim sieht gerade aus wie ein kleiner, treudoofer Welpe. Außerdem hat er mich überrascht. Aber ich schalte schnell und antworte: »Kannst ja auch auf die Messe kommen.« Ein Zwinkern rundet die Sache ab. Sehr gut! Da habe ich mich aber geschickt aus der Affäre gezogen, lobe ich mich in Gedanken selbst. Auf der Messe findet der mich eh nie! Ich kichere noch ein wenig vor mich hin. Dann gebe ich Tim einen Schmatzer auf die Wange und mache mich auf den Weg ins Hotel. Hoffentlich macht er sich jetzt keine Hoffnungen.

Als ich meinen Schlüssel bei der Rezeption hole, werde ich plötzlich etwas wehmütig. Muss am Alkohol liegen! Oder daran, dass die Wirkung gerade ein wenig nachlässt? Auf jeden Fall wird mir bewusst, dass ich eigentlich weder etwas von Tim noch von Steve weiß. Wir haben es wirklich geschafft, die ganze Zeit blöde Witze zu machen und über irgendwelche Sachen zu lachen, ohne groß über uns zu reden. Außer, dass ich ab morgen auf dieser Messe sein werde, habe ich von mir nichts erzählt. Eigentlich hatte ich darauf auch gar keine Lust – muss ich gestehen. Aber es ist schon irgendwie schade! Egal. Es war einfach ein total unverbindlicher Abend. Eine Art verbaler ›One-Night-Stand‹ und genau das, was ich gewollt und gebraucht habe. Wahrscheinlich hat mich Tims Frage, ob wir uns wiedersehen würden, auch deshalb so verblüfft.

Aber genug der sinnlosen Gedanken! Morgen muss ich früh raus. Und ich bin schon sehr gespannt, was mich da erwartet. Zum Glück kann man sich von der Rezeption per Telefon wecken lassen, denn mein Handy steht mir ja momentan nicht zur Verfügung. Und ich halte mich an mein Vorhaben: Das Ding bleibt aus!

Nüchtern und neugierig!

Schon beim ersten Klingeln des Telefons werde ich wach und greife nach dem Hörer: »Danke fürs Wecken!«, höre ich meine Stimme überraschend fit sagen und lege wieder auf. Ich mache mich schnell fertig und begebe mich dann hungrig in das kleine Restaurant, um zu frühstücken. Dabei genieße ich eine große Tasse Kaffee und lächele in den sonnigen Tag. Trotz des langen und feucht-fröhlichen Abends fühle ich mich gut, entspannt und ausgeruht. Voller Tatendrang schultere ich meine Tasche und gehe zur Rezeption, um mich nach dem Weg zur Messe zu erkundigen. Zu meiner großen Erleichterung sind es nur ein paar Stationen mit dem Bus, dann bin ich auch schon da.

Ausgemacht war, dass wir uns alle am Eingang ›A‹ treffen. Dort angekommen entdecke ich von weitem auch schon eine Menge laut quatschender Hühner. Hier bin ich richtig. Als ich näher auf die Gruppe zugehe, erkenne ich Ricky. Er versucht gerade, sich Gehör zu verschaffen, um die Horde auf Vollständigkeit zu prüfen. Dabei streckt er seinen kleinen Finger seltsam zur Seite und stützt die Hand in die Hüfte. Es sieht zum Schreien aus! Noch besser aber ist die Stellung seiner Füße: Sie sind nach außen gedreht und die Fersen berühren sich. Was treibt der Kerl da? Will er jetzt den Schwanensee geben? Er befindet sich nämlich – für alle, die es nicht wissen – in der ersten Ballettposition. Bei diesem Anblick muss ich annehmen, dass er schwul ist. Doch sein darauf folgender, auffällig unauffälliger Blick in Katis Ausschnitt – Kati ist die Blondine neben mir – und seine Hand auf ihrer Schulter spricht dann wieder eine andere Sprache. Schwer zu durchschauen der Kerl. Als er meinen fragenden Blick spürt, zieht er schnell und wie ertappt die Hand weg.

»So, meine Sunshine-Girls! Wir sind nun vollständig, also folgt mir bitte! Jede hängt sich noch diesen Ausweis um, damit wir euch auch wiederfinden, falls ihr verloren gehen solltet.«

Er kichert vor sich hin und stolziert auf die Messehalle zu. Der Hühnerhaufen watschelt ihm schnatternd hinterher. Und ich mittendrin. Ricky kichert immer noch. Manche Leute halten sich aber wirklich für ausgesprochen komisch. Vor allem, wenn sie dumme Sprüche ablassen können. Ricky ist eindeutig einer von dieser Sorte.

Wir betreten die heilige Halle der Messe. Alles ist noch relativ leer, weil noch keine Besucher da sind. Bisher springen nur ein paar aufgebrachte Aussteller umher, um ihre Stände ins richtige Licht zu rücken. Kurz darauf steigen mir auch schon die ersten Düfte von allen möglichen Leckereien in die Nase. Ob ich davon wohl auch etwas abbekomme? Eigentlich bin ich ja kein Besucher, sondern hier, um zu arbeiten. Ich sollte mich deshalb besser zusammenreißen. Schließlich habe ich eben erst gefrühstückt und nun muss ich mich erst einmal auf meinen Job konzentrieren. Vielleicht habe ich die Sache hier aber auch einfach zu wichtig genommen. Denn unsere Arbeit besteht in erster Linie darin zu lächeln und die Leute anzusprechen. Wir sollen sie fragen, ob sie nicht ›ein paar kleine Köstlichkeiten‹ probieren möchten. Unser Stand bietet Süßigkeiten-Häppchen für gehobene Parties an – in ganz verschiedenen Sorten, Farben und Formen. Für jeden Geschmack ist etwas dabei. Lachsröllchen gefüllt mit Orangen- Frischkäsecreme und Kaviar Topping. Oder Mini Schokoküchlein mit Schlagsahne und Eierlikör. Vergnügt verteile ich meine Häppchen und freue mich über das leicht verdiente Geld. Damit würde ich dann erst einmal wieder über die Runden kommen. Alles läuft reibungslos – beinahe zu reibungslos. Abgesehen davon, dass ich wirklich keine Zeit habe, selbst etwas zu verkosten. Denn wir stehen unter ständiger Beobachtung. Ich hätte es als durchaus positiv empfunden, wenn wir wüssten, was wir hier verteilen. Aber Ricky sieht das wohl anders. Und da kommt er auch schon aufgeregt wie immer und mit einem breiten Grinsen auf uns zu: »So, Mädels!« Er hält beide Arme in die Höhe, um die volle Aufmerksamkeit aller zu bekommen. Sogar ein paar Messebesucher bleiben stehen. Aber das bemerkt er gar nicht, denn er ist ganz in seinem Element. »Jetzt wird's Zeit für das lebende Sushi-Buffet!«

In Gedanken stelle ich mir einen attraktiven Mann vor, der sich vor mir auf dem Tisch räkelt und sich von mir dekorieren lässt. Aber da habe ich wohl etwas falsch verstanden. Es stellt sich das heraus, was alle außer mir längst wussten. Wir ›Mädels‹ bildten das Buffet. Na toll! So habe ich mir das nicht vorgestellt. Aber was tut man nicht alles auf dem Weg zu sich selbst? Ob mich diese Erfahrung weiter bringt, werde ich erst dann wissen, wenn ich das alles hier hinter mich gebracht habe. Außerdem muss ja niemand etwas davon erfahren.

Der Ablauf ist folgendermaßen: Wir sollen uns tatsächlich fast komplett nackt auf einen großen Tisch legen und werden zuerst mit Klarsichtfolie abgedeckt. Aus hygienischen Gründen, wie man uns erklärt. Unsere Körperausdünstungen sollen ja nicht an dem Sushi kleben. Das Paradoxe daran ist, dass man unter der Folie erst richtig anfängt zu schwitzen. Die starke Beleuchtung tut ihr Übriges. Und das hätte mir aus Sicht der hungrigen Messebesucher auch gehörig den Appetit verdorben!

Als ich an der Reihe bin, fühle ich mich nicht mehr, als wäre ich gerade auf einer Reise zu meinem innersten Ich. Irgendwie fühle ich mich eher wie ein Stück Fleisch im Bratschlauch! So ist das also, wenn man langsam gegart wird. Wenn die sich mit dem dekorieren nicht beeilen, denke ich, kann man gut und gerne ein Spiegelei auf meinem Rücken braten oder in meinen Schweißsud einen Teebeutel hängen. Vorausgesetzt man mag gesalzenen Tee.

Nach gefühlten drei Stunden bei 40°C kommt auch schon Ricky angesprungen. »Oh mein Gott! Darling! Du schwitzt ja wie ein Ferkel! Das will doch keiner mehr essen!« Verärgert über meinen ›Schwitzprotest‹ zieht er ab – als hätte ich das mit Absicht gemacht! Da er keinen Nerv mehr zum ›Umdekorieren‹ hat, wird die hungrige Meute der Besucher dennoch im wahrsten Sinne des Wortes auf uns losgelassen.

Zuerst wird nur gegafft. Klar – hätte ich wahrscheinlich auch nicht anders gemacht. Dann wird man blöd angegrinst. Und als die ersten Hemmungen überwunden sind, ein paar nervige Japaner Bilder fürs Familienalbum geknipst haben, wird schön munter das Sushi von unseren Körpern genascht. Dass wir dabei immer wieder ›nachbefüllt‹ werden, macht mir etwas Angst. Muss ich hier womöglich noch bis zum Schluss der Messe liegen bleiben? Das wären dann noch knapp drei Stunden …

Traumhaft? Oder alles nur ein Traum?

Ich bekomme gerade einen Krampf im Fuß, als sich ein lustig aussehendes Männerpärchen langsam und mit großen, weit geöffneten Augen nähert. Der eine trägt eine bunt karierte Schirmmütze, der andere seine Haare glatt als Seitenscheitel über den Kopf gekämmt. Als er sich eine Strähne aus dem Gesicht wischt und immer noch wie gebannt zu mir sieht, kann ich bei ihm einen gold lackierten Fingernagel entdecken. Sie tuscheln wie kleine Mädchen, die gerade einen der Backstreet Boys entdeckt haben. Dann räuspert sich der mit der Mütze kurz und kommt langsam, aber durchaus selbstsicher, auf mich zu. »Hi, ich bin Jacques. Kannst du deinen Kopf bitte mal zur Seite drehen? Ich möchte gerne dein Profil betrachten.«

»Geht's noch?«, erwidere ich. »Fleischbeschau ist ja schön und gut, aber man kann es auch wirklich übertreiben. Und nur, weil ich hier meine Zeit als lebende Sushi-Platte verbringe, heißt das noch lange nicht, dass man mit mir machen kann, was man will!« Meine Entrüstung über das respektlose Verhalten liegt auf der Hand und wird daher entsprechend von ›Mr. Goldnagel‹ kommentiert:

»Pardon!« Er streckt mir eine Visitenkarte mit Goldrand unter die Nase und erklärt, dass er der persönliche Berater und Koordinator von Giovanni G. Joseph sei. Nun ja, der könnte von mir aus Wurstverkäufer oder der Kaiser von China sein, ich jedenfalls hab keine Ahnung, wer das ist und finde das Verhalten daher mehr als suspekt. Doch Jacques fährt unbeirrt fort: »Ich merke an deinem Verhalten, dass du dich in der Modewelt nicht sehr gut auskennst! Giovanni G. Joseph ist ein aufsteigender Stern am Designerhimmel. Und er präsentiert nächste Woche seine neue Kollektion. Nun ist sein Lieblingsmodel ausgefallen – Magersucht, die Arme musste in die Klinik – und …« Er hält kurz inne und fährt dann fort: »Und wir glauben, den richtigen Ersatz gefunden zu haben. Dich!«

Ich bin mir gerade nicht sicher, ob das ein Kompliment sein soll oder nicht. Denn gerade fühle ich mich nur wie ein Stück Fleisch, das langsam im eigenen Saft gegart wird. Dementsprechend schätze ich meine momentane Ausstrahlung ein. Aber bevor ich mir den Kopf zerbrechen kann, zerren die beiden auch schon an mir herum. »Komm mit! Der Flieger geht in vier Stunden. Zieh dir was an und hol dein Gepäck.«

»Aber ich muss arbeiten. Vier Tage noch. Ich hab einen Vertrag«, versuche ich mich zur Wehr zu setzen. Ich bin so überrumpelt, dass meine Sätze merkwürdig abgehackt geraten und meine Stimme auf einmal sehr kleinlaut klingt.

Der Mann mit Hut winkt nur kurz ab. Er wendet sich zum mittlerweile dazu gestoßenen Ricky und drückt ihm einfach ein Bündel Geldscheine in die Hand. Ricky verbeugt sich geradezu, was irgendwie lächerlich wirkt. Kurz schaut er zu mir herüber und mustert mich noch einmal von oben bis unten. Dann grinst er selig vor sich hin und macht sich triumphierend davon, ohne auch nur ein Wort zu mir zu sagen. Plötzlich bin ich nicht mehr wichtig. Ich komme mir vor, als wäre ich eben an den Nächstbesten verhökert worden. Und wer fragt mich eigentlich? Doch wirklich wehren tu ich mich ja auch nicht. Es scheint, als hätten es die Herrschaften eilig. Daher wird mir einfach schnell ein Mantel umgeworfen. Meine Klamotten klemme ich mir flüchtig unter den Arm und dann werde ich auch schon höflich, aber bestimmt nach draußen gebracht. Vor der Tür wartet ein schwarzer Mercedes Benz – E-Klasse, nehme ich an. Mein Fachwissen über Autos hält sich in Grenzen. Was ich sagen kann, ist: Dieses hier ist verdammt groß. Die goldene Aufschrift an der Seite kann ich leider nicht mehr lesen, so schnell werde ich ins Innere verfrachtet. Als ich in den weichen Polstern versinke, hole ich erst einmal tief Luft und finde endlich meine Stimme wieder: »Wo soll es eigentlich hingehen? Und was genau soll ich dort machen?« Ich kann diese ganze Situation einfach nicht einsortieren. So etwas ist mir noch nie passiert.

Die Antwort fällt auch eher schroff und knapp aus und ohne sinnvolle Informationen: »Sei nicht so ungeduldig! Das wirst du schon noch rechtzeitig erfahren. Aber glaube mir – wenn du den Erwartungen des Meisters entsprichst, dann wirst du dich bald überall von den Plakatwänden lächeln sehen.«

Des Meisters? Ja, spinn ich jetzt? Was sind das bloß für Kerle? Meister! Also echt! Ich schaue ihn nur entgeistert an, worauf er seinen Kopf schüttelt und immer wieder murmelt: »Sie weiß nicht, wer Giovanni G. Joseph ist. Sie weiß es tatsächlich nicht.«

Für mich ist die Situation klar. Ich bin im falschen Film. Jetzt kommt gleich Thomas Ohrner – vielleicht fährt er ja den Wagen – und brüllt: »Versteckte Kamera!« Aber nichts dergleichen passiert. Daher bleibt mir nichts anderes übrig, als völlig perplex immer wieder den Kopf zu schütteln und halbe Sätze vor mich hin zu murmeln, denen keinerlei Beachtung geschenkt wird.

Wir sind am Flughafen angekommen und hetzen zum Schalter. Die beiden verrückten Herren nicken den Polizeibeamten nur kurz zu und rennen durch den Check-in. Aha, denke ich mir, so einfach geht das, wenn man Einfluss und Geld hat. Wir eilen durch eine Tür, die von einem sehr streng aussehenden Beamten bewacht wird. Als er uns kommen sieht, öffnet er diese bereits und nickt uns sogar lächelnd zu. Dann sind wir plötzlich draußen auf dem Flugplatz. Der Lärm ist ohrenbetäubend. Wir marschieren geradewegs auf ein kleines Flugzeug zu. Oh, das erweckt vielleicht falsche Assoziationen. Es ist natürlich nicht einfach nur ›ein kleines Flugzeug‹. Klein ist es tatsächlich nur im Vergleich zu den Riesenmaschinen, die man sonst so sieht. Dieses hier ist ein Privatjet! Wieder findet sich eine goldene Aufschrift an der Seite, genau wie bei dem Mercedes. Und diesmal kann ich auch lesen, was darauf steht:

›*Join the world of glamour. Join your feeling. Join me!*
Giovanni G. Joseph.‹

Wir hasten über eine kleine Treppe ins Flugzeug und endlich scheinen die beiden Herren etwas zur Ruhe zu kommen. Jacques atmet einmal tief durch, als er mir mit einer ausschweifenden Handbewegung lächelnd meinen Sitzplatz zuweist.

»Wieso mussten wir uns so beeilen? Das Flugzeug wartet doch auf uns!« Ich sehe mit dieser ›Einstiegsfrage‹ nun endlich eine Chance, an brauchbare Informationen zu gelangen.

»Wohl wahr, aber ER wartet nun mal nicht gerne!«, lautet die Antwort. »Heute Abend wird er dir selbst erzählen, was geplant ist. Bis dahin darf ich noch nicht zuviel verraten, denn zum einen hasst Giovanni es, wenn Neuigkeiten von jemand anderem ausgeplaudert werden und zum anderen müssen wir abwarten, ob er so begeistert ist von dir wie ich! Eigentlich bin ich mir ziemlich sicher! Ich kenne ihn immerhin schon seit 30 Jahren!« Er nickt mir selbstzufrieden zu, als hätte er den größten Fisch des Jahres gefangen. Und so komme ich mir auch allmählich vor. Aber dennoch fühle ich mich sicher und gut. Okay, ich habe doch ein komisches Gefühl in der Magengegend, aber an sich fühle ich mich wohl bei Jacques und seinem Kollegen, der sich mittlerweile auf die hintere Sitzbank zurückgezogen hat. Dafür starrt mich Jacques nun die ganze Zeit an. Seine Blicke sind bewundernd und fasziniert. Denn seine Augen heften sich interessiert an jede meiner Gesten.

Während des Fluges wird er auch recht gesprächig. Er erzählt mir von ›G.J.‹, wie der Designer scheinbar von seinen engsten Vertrauten genannt wird. Es stellt sich heraus, dass dieser ein absoluter Tierfreund ist. Er ist sogar im Besitz eines eigenen, kleinen Privatzoos. »Er hat Gehege für Klein und Groß: vom Hasen bis zum Kamel. Und wenn es seine ganzen Termine und Verpflichtungen zulassen, lässt er es sich nicht nehmen, höchstpersönlich das Futter zu verteilen. Im Rampenlicht ist er an Eleganz kaum zu übertrumpfen, aber privat ist er ein sensibler, ruhiger und ausgeglichener Mensch. Man merkt, dass G.J. die absolute Erfüllung in seinem Beruf gefunden hat.« Jaques schwärmt geradezu von seinem Chef.

Dann verschwindet urplötzlich das Lächeln aus seinem Gesicht. Die Stirn runzelt sich und er fährt bedächtig fort: »Aber all der Ruhm, all das Rampenlicht und all der Stress fordern auch ihre Opfer. Fast jedem Menschen gegenüber ist er misstrauisch. Das ist ihm auch nicht zu verdenken. Zu oft ist er in jungen Jahren zu Beginn seiner Karriere ausgenutzt und missbraucht worden. Aber nie hat er aufgegeben. Immer ist er wieder aufgestanden, wenn man ihn zu Boden gestoßen hatte. Doch er merkt sich die Menschen, die ihn enttäuscht haben und diese bekommen niemals eine zweite Chance. Denn er ist sehr ehrgeizig und hart zu sich, aber eben auch zu anderen. Das, was er von sich erwartet, fordert er auch von seinen Mitmenschen. Dabei hat er ein Herz aus Gold. Die goldene Aufschrift war deshalb auch meine Idee. Weil es einfach zu ihm passt.«

Ein wenig selbstverliebt fährt er fort: »Und mir vertraut er tausendprozentig! Ich war immer für ihn da, auch in schlimmen Phasen seines Lebens, als er fast sein ganzes Geld dafür ausgab, sich mit Koks voll zu dröhnen. Er ist eigentlich ein sehr selbstsicherer, stabiler Mann, aber eben auch sensibel und in manchen Dingen unsicher. Denn auch seine Kindheit war nicht einfach. Einen Vater hat es für ihn nie gegeben. Er hat nie erfahren, wer er ist und ob es ihn noch irgendwo gibt. Daher war er sehr stark auf seine Mutter fixiert. Als er feststellen musste, dass sie ... als er seine Mutter ...«

Er bricht den Satz ab und schaut mir tief in die Augen: »Es ist nicht schön, wenn man weiß, wie seine Mutter das Geld für das tägliche Überleben ›anschaffen‹ muss. Verstehst du? Sie musste ihren Körper und ihre Seele für ihren Sohn, für Giovanni verkaufen. So sieht er das zumindest. Er hat es sich nie verziehen. Und er hat seiner Mutter am Grabe geschworen, dass er mit dem Modedesign weitermachen würde, auch wenn er anfangs von Schulkameraden nur Spott und Gelächter erntete. Er wollte es zu was bringen. Und hat sich dafür zielstrebig durchgebissen. Auch wenn er schon immer wusste, dass er anders ist als sein Umfeld. Irgendwann hatte er den Mut gefunden, dazu zu stehen mit allen Konsequenzen. Die Jahre der Verachtung durch sein Umfeld haben ihn abgehärtet – aber auch abgestumpft. Zumindest haben sie einen Teil seiner verspielten Naivität verschlungen. Und das bringt er mit seiner Mode zum Ausdruck.

Er verarbeitet in seinen Werken verborgene Aggressionen, Ängste, Hoffnungen und Freuden. Genau das macht seine Stücke so einzigartig. So unnachahmbar.«

Ich lausche seinen Worten gebannt. Diese kurze Zusammenfassung der Lebensgeschichte dieser Modeikone hat mich zutiefst beeindruckt. Verwunderlich, dass genau die Menschen, die früher immer nur wie Dreck behandelt wurden, sich von ganz unten nach ganz oben arbeiten. Vielleicht ist aber genau das ihre Motivation, zu wissen: Es kann ja nur besser werden!

Nach dieser Erzählung komme ich mir klein und unbedeutend vor. Ich kann nicht einmal erahnen, wie es sein muss, arm zu sein oder einen Drogenentzug durchzustehen. Wie fühlt man sich dann, wenn man ganz oben angekommen ist?

Meine Grübeleien muss ich auf später verschieben. Ich merke, wie sich die Flughöhe reduziert. Wir setzen zur Landung an. Da fällt mir ein: Ich weiß ja immer noch nicht, wohin wir eigentlich geflogen sind.

»Wo genau landen wir denn nun?«, frage ich noch einmal in der Hoffnung, nun eine Antwort zu erhalten.

Jacques ruft laut lachend: »In Milano, du Dummerchen! Wir sind in Mailand! Die Stadt der Mode, der schönen, reichen und nimmersatten Menschen und der einzigartigen Vielseitigkeit.«

Ich fühle mich plötzlich wie ein kleines Kind, dem man den Unterschied zwischen Tag und Nacht erklärt. Wie hätte ich da auch allein drauf kommen können? Und was hatten die beiden Schlaumeier eigentlich in München auf der Messe zu suchen? Egal. Hauptsache gefunden haben sie es.

Nach einer sanften Landung steigen wir aus dem Jet.

Und da ist schon wieder der Mercedes. Ob der auch im Flugzeug transportiert wurde? Also diese Frage sollte ich jetzt aber tunlichst für mich behalten. Denn die belehrenden Antworten von Jaques finde ich durchaus respektlos. Und zum Schluss sucht er sich dann einfach eine andere ›Bella‹, wenn ich mich noch einmal wie ein Dummerchen verkaufe. Dann stehe ich hier alleine in Mailand und weiß nicht wohin. Auf der anderen

Seite wollen die ja was von mir! Meine Haltung wird bei dem Gedanken gleich aufrechter. Ich beschließe daher, mir das Gelaber von diesem Modeschnösel anzuhören und wenn es mir nicht passt, dann fliege ich einfach wieder zurück. Basta! Ich glaube, ich bin gerade schlichtweg überfordert mit dieser Situation und kann sowieso keinen klaren Gedanken fassen. Daher stelle ich nun keine Fragen mehr und steige gehorsam in den Wagen, der uns auf direktem Wege zu dem angekündigten Anwesen befördert. Es liegt etwas außerhalb und schlummert ruhig und romantisch in der Abenddämmerung. Wir fahren bis zu einem kunstvoll verzierten, massiven Tor. Natürlich mit Goldapplikationen. Der Fahrer tippt eine Codekombination in die Tasten und schon habe ich das Gefühl, dass sich mir nicht nur das Tor, sondern alle Türen dieser Welt öffnen.

Ich erwartete eigentlich einen aufgelösten, neugierigen G.J., der mich freudestrahlend in Empfang nimmt, stattdessen übergibt mich Jaques erstmal an Lena, dem deutschen Hausmädchen, die mich witzigerweise auch noch mit Hamburger Dialekt begrüßt: »Moin«, sagt sie, was nicht gerade die überschwänglichste Begrüßung ist, aber sie geleitet mich wenigstens hinauf in mein Zimmer. Es ist geräumig und schön. Ich habe sogar ein eigenes Bad, was mir als erstes präsentiert wird. »So und jetzt mach dich erstmal frisch.« Ihren Hinweis verstehe ich sofort und der darauffolgende Zusatz lässt mich freudig aufhören: Denn ich darf mich an der ›Couture‹ im Kleiderschrank meines Schlafzimmers bedienen. Wow, das ist ja wie im Märchen! Das Wort ›Couture‹ passt allerdings nicht zu Lena und ich bin verwundert, dass sie es in den Mund nimmt. Doch ich lasse den Gedanken wieder fallen, als ich den massiven Schrank in meinem Zimmer entdecke. Ich kann kaum erwarten, darin herum zu stöbern. Vielleicht darf ich ja was behalten.

»Wenn du fertig bist, komm einfach ein Stockwerk nach unten. Wir hören dich dann schon. Der Hund von G.J. wird dich mit Sicherheit ankündigen. Dem entgeht nichts – deutsche Dogge eben.« Lena lacht und entschwindet in den Flur. »Und Beeilung bitte!«

Perplex stand ich in der Mitte des Raumes. So viele Gefühle

waren plötzlich in meinem Körper. Anspannung, Neugierde und Freude. Ich hole einmal tief Luft – mache die Augen zu – und wieder auf. Die Situation bleibt unverändert. Ich sehe noch immer das große Himmelbett direkt vor mir in seiner ganzen Pracht. Große, mit feinstem Stuck verzierte Fenster werden von der letzten Abendsonne durchleuchtet. Sogar der riesige, massive Schrank aus dunklem Holz verliert sich in diesem Zimmer. Wenn ich da an meine Wohnung in Nürnberg denke …

Ich glaube, ich bin in ein Märchen geraten. Und ich werde das Gefühl nicht los, die Hauptrolle ergattert zu haben. Aber wieso habe ausgerechnet ich dieses Glück? Ist es das denn wirklich – Glück? Vielleicht ist es ja auch mein Schicksal? Oder doch nur ein Traum? Vielleicht letztendlich sogar ein Alptraum? Plötzlich verspüre ich einen stechenden Kopfschmerz. Die ganze Geschichte wirkt so irreal auf mich.

Erst jetzt fällt mir auf, dass ich meine Stirn in tiefe Denkerfalten gelegt habe. Ich streiche sie mit der flachen Hand glatt und versuche, mich wieder zu entspannen. Derartige Gedanken sind sowieso nicht dienlich in meiner Situation. Genauso wenig wie die Kopfschmerzen, die sie verursachen.

Plötzlich höre ich ein energisches Klopfen an der Tür. Lenas Stimme könnte man nun durchaus als forsch bezeichnen: »Ich soll dir noch etwas ausrichten! Nimm es nicht persönlich, aber … egal was du anziehst, lass auf jeden Fall deinen Gürtel weg, ja? Der ist nicht so … na, sagen wir, nach seinem Geschmack.«

Sie scheint keinen Wert auf meine Antwort zu legen, denn ihre Schritte entfernen sich sofort wieder. Ich stehe etwas überrascht da. Meine Augen – weit aufgerissen. Dann schaue ich an meiner Hose hinab. Der Gürtel daran ist nicht irgendein Gürtel. Es ist genaugenommen mein Lieblingsgürtel! Ich hatte ihn für knapp acht Euro bei H&M erstanden. Nicht wegen des Preises, sondern weil ich mich sofort in ihn verliebt hatte. Er ist olivgrün, aus einem Gummizug und vorne befindet sich eine goldene Schnalle in Form zweier parallel zueinander stehender Blätter. Ich denke, ›der Typ‹ steht auf Gold! Und woher weiß er von meinem Gürtel? Hat er mich etwa beobachtet, als ich angekommen bin?

Energisch beiße ich die Zähne zusammen. Wie weit bin ich schon gesunken? Sitze ich jetzt etwa bereits im goldenen Käfig? Versucht mir tatsächlich ein fremder Mann vorzuschreiben, was ich zu tragen habe und was nicht? Dass ich mich aus seiner Kollektion bedienen darf – schön und gut, aber mir ausdrücklich meinen Lieblingsgürtel zu verbieten, geht mir eindeutig zu weit. Diese Kleinigkeit treibt mich gerade so weit auf die Palme, dass ich mich reinsteigere und die Situation in meinem Kopf immer weiter spinne. Ja, in solchen Momenten neige ich zu Übertreibungen. Also male ich mir in Gedanken aus, was er wohl als nächstes an mir geändert haben will. Vielleicht soll ich mir die Haare abschneiden und umfärben? Und dann noch die Brust vergrößern lassen, damit ich seine Klamotten besser ausfülle? Meine Nase mit dem kleinen Höcker ist ihm bestimmt auch nicht recht.

Wer ist dieser Kerl eigentlich? Ich habe ihn mir nach der ausführlichen Beschreibung von Jacques eigentlich ganz anders vorgestellt. Ein Mann von Eleganz und verletzlichem Stolz. Wahrscheinlich ist er aber doch nur ein perverser, verrückter Modezar, der nicht mehr alle Tassen im Schrank hat.

Ich haue mir mit meiner rechten Hand auf die Wange und vernehme ein lautes Klatschen. Geschockt blicke ich auf meine Hand, die von dem Schlag immer noch vibriert. War ich das wirklich selbst? Ja, natürlich! Danke, denke ich, danke, dass ich mich selbst aus meinen absurden Gedankengängen befreit habe! Ich klopfe mir noch auf die Schulter und beschließe, meine stupiden Überlegungen beiseite zu schieben und mir erst einmal die Werke des Zaren anzusehen bevor ich urteile. Mit einer ehrfürchtigen Entschlossenheit gehe ich auf den Schrank zu.

Mit beiden Händen umschließe ich die stabilen, vergoldeten Türgriffe. Der Schrank öffnet sich beinahe wie von Zauberhand. Als ich das Geheimnis lüfte, bleibt mir fast die Spucke weg: Was ich da zu sehen bekomme, ist mehr als beeindruckend! Ich werde von Farben und Stoffen überflutet, wie ich sie bisher noch nie gesehen habe! Völlig berauscht fühle ich mich, als ich danach greife und die Kleider sanft durch meine Hände gleiten.

Bin ich wirklich so ein oberflächliches Weib, dass mich ein Schrank voller Designerstücke derart erregt? Ja, das bin ich wohl! Aber ist das schlimm? Ich bin gerade nicht in der Lage, mich wegen meines albernen Getues selbst zu kritisieren. Viel zu zugedröhnt ist mein Kopf – voll von Schönheit. Und wieder schlägt die Unsicherheit zu: Bin ich es würdig, diese schimmernde Pracht zu tragen? Verlieren die Stücke nicht ihren Glanz an mir? Wieso ausgerechnet ich?

In der Mitte des Schrankes erspähe ich einen weißen Stoffzipfel. Der Rest wird von den pompösen Kleidungsstücken daneben verdeckt. Vorsichtig versuche ich ihn herauszuziehen. Als ich dieses so zerbrechlich wirkende Stück Stoff in meinen Händen halte, fühle ich sofort eine gewisse Verbundenheit. Es scheint zu mir zu gehören. Das Kleid aus purer Seide schimmert bezaubernd matt. Elegant und schlicht. Selbstbewusst leuchtend, aber trotzdem unauffällig und farblos – weiß eben. Ich schlüpfe hinein, ganz ohne Anstrengung, denn es gleitet an mir hinunter und scheint von selbst an die Stellen zu fließen, an die es gehört. Und als ich es auf meiner Haut spüre, ergänzen wir uns perfekt. Es ist mir, als würde meine Seele sich in diesem Stoff widerspiegeln. Ich streiche mir eine Haarsträhne aus dem Gesicht und merke, wie sich meine Stirn entspannt. Der Schmerz der letzten Wochen ist verflogen! Ein Gefühl von Stärke und Freiheit durchfließt mich. All meine Angst, Zweifel und Befürchtungen, die sich hier und da einschlichen, gehören nun der Vergangenheit an. Ich habe mein persönliches Buch des Lebens wieder geöffnet. Den Staub weggepustet und öffne nun ein neues Kapitel. Und das alles nur wegen eines Kleides?

Bevor ich zu den Herrschaften gehe, betrachte ich mich kurz im Spiegel. Etwas fehlt. Aber was? Die letzten sanften Strahlen der Abendsonne scheinen auf den abgelegten Gürtel. Ich muss schmunzeln. Ich bin mir nicht sicher, ob ich es aus Protest tue oder aus Überzeugung. Auf jeden Fall greife ich nach dem Gürtel und schlinge ihn um meine Hüften. Da ist er – der Halt, der dem Kleid gefehlt hat. Ich strahle in den Spiegel und mein Spiegelbild strahlt zurück. Wie lange ist es her, dass mir jemand so zulächelte? Verdammt lange! Und dass ausgerechnet ich nun dieser jemand bin, erfüllt mich mit Stolz und einer großen Portion Gelassenheit. »Also! Lass uns gehen!«, zwinkere ich mir selbst zu und begebe mich zur Tür.

Als ich im Gang stehe und die vielen breiten Stufen sehe, die nach unten führen, fühle ich mich wie vor einem großen Auftritt. Ich vernehme Stimmen – und ein leises Knurren am Ende der Treppe. Vorsichtig steige ich hinab. Je weiter ich gehe, umso lauter wird das Knurren. Und ich dachte immer, große Hunde seien friedlich. Dann merke ich, dass es plötzlich ganz ruhig geworden ist, als hätte man mich bereits bemerkt.

Meine Vermutung wird bestätigt. »Tritt ruhig ein«. Höre ich eine fremde Stimme leise sagen.

Ich schreite geradewegs auf die Tür zu, aus der die Stimme kam und korrigiere noch einmal meine Haltung: Schultern nach unten, den Bauch eingezogen und den Rücken gerade, so wie wir das beim Ballett gelernt haben. In diesem Moment geht die Türe auch schon auf. »Huch, wen haben wir denn da? Eine kleine Ballerina?«

Das muss er sein. Die fremde Stimme von eben – Giovanni G. Joseph. Er ist ungefähr einen Kopf kleiner als ich, schmächtig und unmuskulös. Zudem trägt er eine dunkelgrüne Samthose und eine schwarze ärmellose Weste, darunter ein langes, weißes Hemd. Wie geschmacklos, denke ich mir. Seine Kollektion im Kleiderschrank war geprägt von Eleganz und Niveau mit einem Hauch Unnahbarkeit. Er dagegen sieht aus wie ein Schuhputzer!

Doch er wirkt selbstsicher. Denn er holt mit großer Geste aus und weist mit seiner Hand auf den leeren Platz neben Jacques. Dieser schaut skeptisch zu mir herüber. Ich bin ein wenig verunsichert. Irgendetwas an mir scheint ihn zu stören. Der Gürtel vielleicht? Oder zweifelt er jetzt doch daran, dass ich den Erwartungen Giovannis entspreche? Dieser macht auf mich irgendwie einen betont seriösen, fast schon introvertierten und distanzierten Eindruck. Jaques weiß das Verhalten anscheinend auch nicht richtig zu deuten. Seine Augen wandern zwischen mir und G.J. hin und her, ruhelos und hektisch, fast so, als würde er gerade eine Partie Tennis zwischen uns beobachten. Giovanni legt beide Hände in den Schoß und mustert mich von oben bis unten. Dann plötzlich reißt er seine Arme ruckartig in die Luft, springt triumphierend auf und verlässt wortlos den Raum. Was war das nun wieder? Bevor ich aber auch nur in der Lage bin, einen Mucks zu machen, kommt er mit einer Flasche Champagner zurück – zumindest vermute ich den in einer solch pompösen Flasche. »Lasst uns anstoßen, meine Lieben!«

Er verteilt das edle Getränk und reicht jedem ein Glas. Dann stellt er sich in Position und es ist mehr als deutlich, dass er wohl eine Rede zu halten gedenkt. Er schaut uns der Reihe nach an und nimmt einen tiefen Atemzug. Es scheint beinahe so, als wäre eine große Last von ihm gefallen. Die Augen strahlen und seine Mundwinkel beginnen ganz leicht vor Erregung zu zittern. Irritiert und zugleich verzückt von seiner ungewöhnlich starken Ausstrahlung, schaue ich wie gebannt zu diesem Mann, der mich nun so ganz und gar nicht mehr an einen Schuhputzer erinnert. Voller Erwartung lausche ich seinen Worten:

»Meine lieben Anwesenden«, beginnt G.J. und schaut dann zu mir, »mein liebes Kind!« Damit meint er wohl mich. Also erstens, gehöre ich auch zu ›den Anwesenden‹ und muss nicht extra aufgezählt werden – und überhaupt ist es doch mehr als unangemessen, bei nur zwei Leuten im Raum eine Rede mit ›Meine lieben Anwesenden‹ zu eröffnen. Zudem sind die Tage, an denen man mich als Kind bezeichnen konnte, auch schon lange vorbei. Allerdings sollte ich aufhören, vorschnell zu urteilen. Daher lausche ich gespannt weiter:

»Ich habe gesucht! Ich habe gefunden! Ich habe verloren! Und nun wiederentdeckt!« Seine leuchtenden Augen und sein offenes Lächeln lassen mein Herz einen kleinen Hüpfer machen.

Obwohl ich keine Ahnung habe, was er meint, sind seine Worte so voller Gefühl und Überzeugung – so ehrlich. Ich sitze kerzengerade da. Das mache ich immer, wenn ich aufmerksam bin und dem Anderen Respekt zeigen will. Meine Lippen sind dabei leicht gespitzt.

Ja, ich bin sehr gespannt, was er sonst noch zu erzählen hat. Doch sein Blick wird plötzlich glasig und leer. »Ich war einmal jung, naiv und gutgläubig – und vor allem optimistisch. Aber das Leben hat mich eines Besseren belehrt! Ich glaube nicht mehr an Märchen, an Wunder, an Schicksal oder Träume, sondern nur noch an den Moment. Denn das ist der einzige Augenblick, in dem man etwas verändern und bewirken kann. Ich möchte die Menschen JETZT mit meiner Kollektion glücklich machen – nicht erst morgen. Morgen ist es vielleicht schon zu spät.«

Nun beginnt sein Kinn leicht zu zittern. Er beißt kurz auf seine Unterlippe und dreht den Kopf zur Seite. Ich traue meinen Augen kaum, da fließt doch tatsächlich eine dicke Träne über sein Gesicht. Jaques springt auf und will ihn tröstend in den Arm nehmen, aber Giovanni weist ihn zurück: »Bitte, unterbrich mich jetzt nicht! Ich bin noch nicht fertig.« Er blickt nach unten, so als würde er nach den richtigen Worten suchen. Dann hebt er den Kopf und sieht mir tief in die Augen: »DU! Du hast mir meinen Glauben gerade zurückgegeben. Ich habe von einem Mädchen … einer Dame … nein, einer jungen Frau geträumt, die meine Kollektion im wahrsten Sinne des Wortes verkörpern soll. Wochenlang habe ich mir unnötig den Kopf zerbrochen, wer diese Frau sein könnte. Habe gesucht und gesucht. Und schließlich musste ich mir eingestehen, dass sie nicht existiert. Dann schien ich einen guten Ersatz gefunden zu haben. Aber nein! Das war nicht die Frau aus meinem Traum. Ich konnte sie nicht nehmen.« Er kommt auf mich zu und nimmt meine Hände fest in seine: »Ich habe von dir geträumt! Du bist die Frau aus meinem Traum. Wie konnte dich Jaques nur finden! Es muss … es ist unser Schicksal. Die Kollektion wird nicht von der Realität verkörpert werden, sondern von einem Traum! Und dieser Traum ist Mensch geworden! Traumhaft! Das wird unser Werbespruch.«

Er kniet nieder, legt seinen Kopf in meinen Schoss und fängt hemmungslos an zu weinen. Ach herrje! Ich weiß gar nicht, wie mir geschieht, geschweige denn, wie ich mich verhalten soll. Da springt er urplötzlich wieder auf und verlässt fluchtartig den Raum. Zwei verdutzte Gesichter bleiben zurück.

Eines davon ist von einer Hand verdeckt. Jaques will seine

Erregung offensichtlich unbedingt verbergen. Die ganze Situation wirkt auf mich komplett surreal. Vielleicht ist mir auch einfach noch nicht richtig bewusst geworden, was dieser berühmte Mann gerade gesagt hat.

»Ich habe ihn noch nie so erlebt«, höre ich Jaques vorsichtig flüstern. »Er ist völlig durch den Wind. So kenne ich ihn nicht! Du hast ihn ganz schön durcheinander gebracht.«

Fast vorwurfsvoll blickt er mich an. Doch mir fehlen die Worte. Wie sollte ich auch in der Lage sein, etwas zu erwidern, wenn man bedenkt, was mir hier gerade widerfährt. Da kommt ein wildfremder Mensch und erzählt mir etwas von seinem Traum. Und dann soll ich das plötzlich sein: die Verkörperung dieses Traumes. Jaques scheint zu merken, dass mir schlicht und ergreifend die Sprache weggeblieben ist. Er erhebt sich mit den Worten: »Ich lasse dich jetzt schlafen. War ein langer Tag für alle von uns. Und morgen musst du früh raus! Gute Nacht.« Danach verlässt auch er den Raum. Es scheint mir, als wolle er das, was sich eben abgespielt hat, einfach ausblenden. So, als wäre es nie geschehen. Vielleicht ist es besser so.

Ich sitze noch ein paar Minuten wie angewurzelt da. Ich kann's einfach nicht fassen! Was für ein verrückter Tag! Und dann diese merkwürdige Vorstellung und der dramatische Abgang meines Gastgebers! Und jetzt lässt mich Jaques auch noch einfach hier alleine zurück. Die sind doch alle nicht mehr ganz dicht!

Da berührt etwas Feuchtes meine Beine. Der Hund! Den hatte ich ja schon völlig vergessen. Zumindest scheint er doch nicht gefährlich zu sein und offenbar macht es ihm auch nichts aus, dass irgendeine Fremde sich unbeaufsichtigt in seinem Revier aufhält. Ja, er wirkt sogar so, als würde er mich trösten wollen. »Wie heißt du eigentlich?«, frage ich ihn. Ich blicke auf sein prachtvoll goldenes Halsband und lese: Chantal! Da steht wirklich groß und fett ›Chantal‹. Das ist vielleicht der passende Name für eine Prostituierte, aber doch nicht für eine Dogge! Nun ja, man sollte sich von Äußerlichkeiten nicht täuschen lassen. Ich kraule sie sanft hinter den Ohren und lächle kopfschüttelnd vor mich hin.

Das Zutrauen von Chantal bedeutet mir sehr viel in dieser Situation. Denn ich fühle mich gerade etwas allein gelassen. Sie stupst mich leicht aber bestimmt mit dem Kopf, als würde sie mich auffordern, nun endlich schlafen zu gehen. Gähnend erhebe ich mich daraufhin, gehe auf mein Zimmer und krieche mit letzter Kraft in mein Bett.

Mir ergeht es ähnlich wie bei meiner Übernachtung bei Lou in München: Die Gedanken können sich nicht mehr festsetzen und geben Ruhe. Ich falle in einen erholsamen, tiefen Schlaf – frei von jeglichen Träumen. Davon habe ich für heute auch die Nase voll.

Endlich aufgewacht?

Als ich aufwache, kommt mir die Umgebung plötzlich so verändert vor. Ich schaue mich mit verschlafenem Blick um. Da ist er wieder – dieser vertraute Geruch nach Hund. Wie in Lou's Wohnung. Ich gucke noch mal richtig. Das Sofa, die Decke – Oh Mann! Ich bin in Lou's Wohnung.

Was …? Wie ist das möglich? Das gibt es doch nicht! Wie bin ich denn jetzt hierher gekommen? Wurde ich entführt? … Ach, Blödsinn! Von wem denn auch? Plötzlich schießt es mir wie ein Blitz durch die Glieder: War das alles etwa nur ein Traum? Nein, das kann doch nicht sein! Habe ich das gar nicht erlebt? Wieso kann es nicht einfach wahr gewesen sein?

Ich schlage mir mit der flachen Hand ins Gesicht, so wie ich das im Traum getan habe. Doch diesmal tut es richtig weh. Ich komme mir so verdammt dumm und unbedeutend vor. Und das nicht, weil ich mich eben selbst geschlagen habe. Ich lege den Kopf wieder auf das Kissen und schließe noch einmal die Augen. Doch ich kann nicht mehr zurück in meine Traumwelt gelangen. Und dabei will ich doch wissen, wie meine Modelkarrierre weitergeht. Gibt es diesen Designer wirklich? Es war doch alles so real. Ich muss mich zusammenreißen: »Wach endlich auf!«, höre ich mich plötzlich sagen. Es klingt bestimmend und fordernd. »Ja!«, antwortete ich mir selber und atme tief ein. Ich bin nach München gefahren, um endlich meine Träume zu verwirklichen, aber in Wahrheit habe ich nichts anderes gemacht, als einfach nur weiterzuträumen. Von Wirklichkeit keine Spur. Und jetzt hier – bei Lou auf dem Sofa – bin ich zum ersten Mal richtig aufgewacht! Ich hebe meinen Kopf wieder. Mir wird bewusst, dass demnach auch die Messe und der Abend vorher mit den beiden Jungs in der Bar alles nur Fiktion war.

Fest presse ich meine Lippen zusammen. »Naiv! Ich bin so naiv!« Aber damit ist jetzt Schluss. Ich bin auf dem richtigen Weg. Bzw. ich bin auf einem Weg. Denn ich habe mich aufgemacht und den Hintern hochbekommen aus meinem Trott. Und das Wichtigste: Diesmal bin ich wach. Aber die erneute Erkenntnis, dass ich mich wieder einmal auf meine Träumereien eingelassen habe und nicht in der Lage bin, zwischen Traum und Wirklichkeit zu unterscheiden, nein, dem Unmöglichen auch noch insgeheim hinterher trauere, macht mich unendlich wütend. Wie viel Zeit will ich noch verträumen? Am liebsten hätte ich mich gleich noch einmal geohrfeigt. Aber meine Wange schmerzt noch immer vom ersten Mal. Ich versuche meine Wut zu unterdrücken und merke zugleich noch mehr Aggressionen in mir aufsteigen, die ich nicht mehr kontrollieren kann.

Ich hasse mich für meine Blauäugigkeit. Und ich kann noch immer nicht glauben, dass das alles nur ein Traum war. Immer wieder spielen sich die gleichen Szenen ab. So real und schön sie eben noch waren, so utopisch und skurril erscheinen sie mir jetzt: Ich war etwas Besonderes. Ich war wichtig für jemanden. Und dieses schöne Gefühl habe ich nun verloren. Oder besser: Es war nie real. Das ist es, worüber ich mich ärgere. Nicht allein die Tatsache, dass ich nicht so berühmt werden würde, um von diversen Plakaten zu lächeln. Nein, es ist das Gefühl, für jemanden wichtig zu sein. Es ist das, was ich vermisse in meinem Leben. Und ich denke, dass sich mein Unterbewusstsein deshalb diesen Traum zusammen gezimmert hat. Ich mochte es,

Menschen emotional zu berühren und freute mich, wenn sie mir vertrauten. Aber in Wahrheit bin ich nur eine blöde Kuh, die in ihrer eigenen Welt lebt, die nicht perfekt und mit der sie unzufrieden ist. Und diese Erkenntnis lässt noch mehr Wut in mir aufsteigen, die zur Hitze wird und allmählich in meinen Kopf kriecht. Wahrscheinlich strahlt mein Gesicht rot wie eine Tomate. Aber das scheint noch nicht der Höhepunkt gewesen zu sein. Es wird nur immer schlimmer. Mein Körper fühlt sich an wie ein Vulkan. Ich weiß nicht mehr, wie ich das unter Kontrolle bekommen kann. Ich blicke auf meine zitternden Hände. Sie sind eiskalt und scheinen sich vor dem restlichen Körper zu ekeln. Ich bin kaum in der Lage, meinen heißen Kopf zu berühren. Wo ist das Ventil?

Dann bricht der Vulkan aus. Ich renne ins Bad und muss mich übergeben. Der Ekel ist nicht mehr auszuhalten. Als sich mein Innerstes wieder ein wenig erholt hat, blicke ich in den Spiegel und schaue in zwei verwirrte, ängstliche, müde Augen. Ich bin völlig überfordert. Mir stehen regelrecht Fragezeichen auf meiner Stirn. Ich habe keine Ahnung, was das Richtige für mich ist. Was ich tun soll. Ich weiß weder WER ich bin, WAS ich will noch WARUM ich das alles hier begonnen habe. Nun habe ich mich gar nicht mehr unter Kontrolle. Ich kann nur noch hilflos beobachten, wie sich meine Mundwinkel nach unten ziehen und allmählich mein Spiegelbild verschwimmt.

Ich starre auf das Bild, das immer mehr die Züge eines Monsters annimmt. Tränen der Verzweiflung laufen über meine Wangen. Ich versuche, das Schluchzen zu unterdrücken. Was mir nur gelingt, indem ich anfange zu schreien. Denn dieser erbärmliche Anblick ist einfach nicht zu ertragen! Der Vulkan ist ausgebrochen. Das Magma verbrennt meine Gedanken, nimmt ihnen jede Klarheit und begräbt alle Werte, alles was ich war und all meine erlebten Momente. Es überdeckt meine Haut, mein Gesicht, mein Wesen. Oder einfach nur meine Zurechnungsfähigkeit.

Mir wird klar, dass es schon Jahre her sein muss, dass ich einen derartigen Gefühlsausbruch hatte. Ich kann mich nicht mal mehr richtig daran erinnern. Vielleicht war ich noch ein

Kind? Wann habe ich das letzte Mal so sehr geweint, dass sogar mein ganzer Hals nass war?

Die Flut löscht den Vulkan. Und heißt es nicht, dass Vulkanerde sehr fruchtbare Erde ist? Erst ist es eine Zeit lang karg und öde, und irgendwann wird wieder ein Pflänzchen sprießen! Und dann gerät der Ausbruch bald in Vergessenheit. Und mit ihm all die Verwüstung und der Schmerz …

Wenn ich emotional erregt bin, neige ich zu theatralischen Vergleichen. Sie bringen mich zwar nicht weiter, aber manchmal machen sie Mut und spenden Trost.

Doch ich muss meine zerfressenen Gedanken endlich abwerfen und hier lassen.

Und beginne wieder einmal zu laufen.

Wovor laufe ich davon?

Ich laufe … und ich laufe davon! Vor meinen Gedanken, vor mir selbst, vor der Verantwortung, vor dem Leben, vor dem Schmerz? Aber woher kommt er? Und wie kann ich ihn loswerden? Kann ich vor ihm einfach so weglaufen? Kann ich vor mir weglaufen? Und wann komme ich endlich an? Meine Kehle trocknet mit jedem Schritt, mit jedem morbiden Gedanken weiter aus. Ich versuche zu schlucken, doch es ist sinnlos. Mein Kopf glüht und jeder Muskel in meinem Körper ist angespannt. Blitze zucken durch meinen Kopf. Ich fühle mich betäubt von diesem unerklärbaren Schmerz in meiner Brust.

Ich laufe! Wie von Sinnen flüchte ich durch die Stadt – an den Menschen vorbei. Ich habe keine Ahnung, wie lange ich schon renne. Doch ich spüre, wie meine Muskeln anfangen zu brennen. Mein Mund ist wie ausgedörrt. Ab und an wird er mit ein paar Tränen befeuchtet, die mir über die Wangen strömen. Ich bin am Ende meiner Kräfte. Meine Geschwindigkeit verlangsamt sich ein wenig und dann falle ich taumelnd zu Boden. Erneut lande ich somit auf dem harten, schmutzigen Boden der

Tatsachen. Zu schnell, um es begreifen zu können. Daher bleibe ich einfach regungslos liegen.

Eigentlich will ich schlafen … und aufwachen – anderswo – zu Hause – bei Lou! Ganz egal, nur nicht aufstehen und realisieren, dass ich mir die Knie aufgeschürft habe, und dass alles meiner eigenen Dummheit zu verdanken ist.

Ich höre die Stimme erst, nachdem mich die dazugehörige Hand behutsam an der Schulter berührt. Ruckartig drehe ich mich auf den Rücken und wundere mich noch, wo ich auf einmal diese Kraft hernehme. Ein Mann, vielleicht Ende 20, steht vor mir. Seine sanfte, mitfühlende Stimme lässt meine angetrockneten Tränen erneut aufsteigen: »Was ist denn los mit dir? Was ist passiert? Wer hat dich so zugerichtet?« Er schaut besorgt. Doch in mir klingt nur dieser eine Satz nach: Wer hat dich so zugerichtet?

Tja, ICH! ICH habe mich so zugerichtet. Denke ich.

Aber das kann ich nicht sagen. Ich komme mir sowieso schon wie in der *Truman-Show* vor. Ich warte nur darauf, dass jemand so was ruft wie: »Schnitt! Wir haben alles im Kasten. Macht Feierabend, Leute!« Aber es bleibt still. Keiner unterbricht die Szene. Vielleicht ist es noch nicht soweit.

In mir keimt ein Gedanke auf: ein sehr, sehr dummer Gedanke. Obwohl nein, Gedanken setzen Denken voraus und damit die Überlegung um eventuelle Konsequenzen. Ich hingegen stottere einfach drauf los: »Ich … äh … ich, ja, ich habe … ich wurde … ICH WURDE ENTFÜHRT!«

»Oh mein Gott!«, ruft mein Retter und hilft mir vorsichtig auf. »Komm mit – ich bringe dich zur Polizei. Du musst die Typen anzeigen!«

Gleich mehrere? Hm, vielleicht sollten es wirklich mehr als nur ein Entführer gewesen sein, das macht das Ganze noch theatralischer. Aber zur Polizei? Nein, ich will nicht schon wieder zur Polizei. Ich will einfach nur noch länger in diese gutmütigen braunen Augen blicken und ihm meine – beziehungsweise *eine* – Geschichte erzählen. Nichts, was mit mir zu tun hat, einfach irgendein Gespinst meiner Phantasie. Zum Schluss lande ich sonst noch beim selben Bullen wie damals. Das wäre die

Krönung und bei meinem Glück gar nicht so unwahrscheinlich. Daher klingen meine Worte ein wenig panisch:

»Nein! Bitte nicht zur Polizei! Ich bin so durcheinander. Ich weiß gar nicht mehr was passiert ist!«, versuche ich die Ich-muss-erst-mal-zu-mir-kommen-Tour.

»Hm«, erwidert er. »Vielleicht solltest du dich wirklich erst ein wenig beruhigen. Weißt du was, wenn du magst, nehme ich dich einfach erst mal mit zu mir. Ich wohne gleich um die Ecke. Dann kannst du dich ein wenig frisch machen und dann sehen wir weiter. Und hey, fang bitte nicht wieder an zu weinen. Du bist jetzt in Sicherheit. Alles wird wieder gut.«

So ein Angebot sollte man in meiner ›Situation‹ vielleicht erst einmal ernsthaft überdenken, aber er zwinkert mir so vertrauenswürdig zu, dass ich nicht anders reagieren kann, als schüchtern zu Boden zu lächeln – wie ein kleines Mädchen, dem man erlaubt hat den Sportunterricht schwänzen zu dürfen.

»Ich heiße übrigens Hannes. Und du?«

»Nenn mich einfach Caccia!«

»Caccia? Das passt ja gar nicht zu dir! Unter dem Namen stelle ich mir eher einen rassigen Typ Frau vor – so wie Salma Hayek oder so. Aber du mit deinen blonden Haaren und deinen blauen Augen …«

Ich hasse ihn für seine Direktheit. Aber instinktiv hat er Recht, auch wenn er das nicht mal ahnt. Meinen richtigen Namen will ich aus irgendeinem Grund nicht verraten. Na ja, und dieser kam mir grad in den Sinn und daher antworte ich nur geheimnisvoll: »Oh doch, der Name passt – sogar verdammt gut. Aber das erkläre ich dir vielleicht ein anderes Mal.«

Seine Antwort ist ein verschmitztes Lächeln: »Eine Frau voller Geheimnisse. Ich bin gespannt. «

Die Wohnung von Hannes ist ein Traum. Er wohnt in einem schön sanierten Altbau am Maximilianplatz. Von Außen sieht das Haus einfach märchenhaft aus. Ein kleiner Rosengarten führt zu einer Eingangstür, die aus schwerem, dunklem Holz gefertigt ist. Als er sie öffnet und das Licht anknipst, bleibt mein Mund kurzzeitig offen stehen. Ich trete in einen Flur, der bestimmt 20 Meter lang ist. Der weiße Marmorboden ist mit einem dunkelgrauen Teppich belegt. Als wir das Wohnzimmer betreten, blicke ich ehrfürchtig in das Innere. Ein riesiger Fernseher, der eher als Leinwand bezeichnet werden müsste, dominiert den Raum. Die Sofaecke ist groß, aus dunklem Leder mit weißen Kissen – bestickt mit Goldapplikationen. Eine Wendeltreppe führt nach oben. Was mag sich dort für ein Raum verstecken? Ich traue mich nicht zu fragen. Für Hannes scheint das alles völlig normal zu sein. Na ja, kein Wunder: Er wohnt schließlich hier und ist jeden Tag von dieser Pracht umgeben.

Es herrscht Stille zwischen uns. Ich kann nichts sagen, weil ich so geplättet bin; warum Hannes schweigt, ist mir ein Rätsel. Vielleicht will er mich nicht gleich überrumpeln und mich erst einmal zur Ruhe kommen lassen. Oder er ist nun doch ein wenig überfordert mit einer Frau, die nichts von sich erzählt und sehr zurückhaltend ist. Daher versuche ich die Situation mit einer Portion Humor zu entschärfen: »Sag mal – machst du das öfter? Junge, hilflose Frauen von der Straße aufsammeln und sie dann in dein Schloss entführen?«

»Ja!«, antwortete er wie aus der Pistole geschossen. »Na ja, weißt du ... Meine Putzfrau ist krank geworden, und da dachte ich mir ... na ja ... passt doch ganz gut! Ich biete dir einen Platz zum Schlafen und du hältst die Wohnung sauber!«

Ich zog die Augenbrauen zusammen und ohne nachzudenken knallte ich ihm meine Antwort hin: »Sag mal, was bist du denn für ein arroganter Schnösel? Denkst du, ich bin auf dich angewiesen? Und außerdem – wieso glaubst du, dass ich kein Dach über dem Kopf habe?«

»Jetzt mal schön langsam, junge Lady, du hast auf mich einen etwas verwirrten Eindruck gemacht. Ich wollte dir nur helfen, damit du etwas zur Ruhe kommst! Und das mit dem putzen war nur ein blöder Scherz! Okay?! Wer Witze macht, sollte auch in der Lage sein, sie selber zu verstehen«

»Meiner war aber gut! Spar du dir in Zukunft deine schlechten Witze so lange, bis du einen guten daraus machen kannst, OKAY?!«, erwidere ich forsch und konnte mir ein Lächeln dann doch nicht verkneifen. Ich ließ meinen Blick suchend schweifen und wischte mit meinem Finger skeptisch über eine Glasvitrine neben mir. Dann schaute ich zuerst auf ihn und dann zu Hannes: »Das wird lange dauern, bis wir das sauber bekommen haben. Ich wundere mich, wie du in einem derartigen Saustall leben kannst. Unglaublich. Zum Glück bin ich jetzt hier«

Hannes prustet nun wie wild los und schüttelt sich vor lachen. »Ich glaube, du bist gar nicht so humorlos, wie ich zu Anfang gedacht habe. Du hast ja sogar richtig Pfeffer im Arsch« Jetzt lehnt sich der Typ aber ganz schön weit aus dem Fenster. Immerhin war ich doch entführt worden. Deshalb fühle ich mich aufgefordert, noch einmal zu kontern: »Und wenn du so weitermachst hast du bald Salz in den Augen.«

Meine Blicke wurden nachdenklich. Nicht wegen dem Rumalbern. Sondern weil ich mir mal so langsam überlegen sollte, was ich ihm erzähle, wenn er mich nach der Entführung fragt. Als hätte Hannes meine Gedanken gelesen, setzt auch er plötzlich wieder eine ernstere Miene auf: »Cacc, jetzt setz dich doch erst einmal und sag mir, was ich dir zu trinken anbieten darf! Und dann schlage ich vor, erzählst du mir mal alles in Ruhe, ja? Kehren deine Erinnerungen schon langsam zurück? Das wäre sehr wichtig«

Cacc?!?! Er hat meinen Namen abgekürzt und spricht ihn auch noch ganz anders aus: ›Cätsch‹! Doch irgendwie mag ich das komischerweise auch noch.

Ich nehme auf dem Sofa Platz und merke, wie ein wenig Anspannung von mir abfällt. Trotz der indiskreten Frage von eben. Mit meinen Füßen muss ich immer wieder über den schneeweißen, flauschigen, riesengroßen Teppich streichen, welcher vor dem Sofa ausgebreitet ist. Stilvoll und bequem. Ganz nach meinem Geschmack.

Doch nicht nur die Wohnung gefällt mir. Auch mein Gastgeber nimmt mich gefangen mit seiner witzigen und verständnisvollen Art und gibt mir das Gefühl, ihm vertrauen zu können. Vielleicht liegt das auch an dem warmen, orange anmutenden Licht, das weich seinem Gesicht schmeichelt und seinem schönen Lächeln noch mehr Ausdruck verleiht. Seine großen, leuchtenden Augen, die das warme Licht geradezu aufsaugen, sind auf mich gerichtet. Dann steht er wortlos auf und gibt mir mit einer Geste zu verstehen, dass er gleich wieder da ist. Ich bin ein wenig verzaubert und blicke gedankenverloren auf den Teppich, der sich sanft an meine Füße kuschelt.

Ich träume noch kurz vor mich hin. Dabei habe ich nicht bemerkt, dass ich gar nicht auf die Fragen von eben geantwortet hatte. Dann höre ich Hannes rufen: »Cacc, kommst du mal bitte ins Badezimmer? Geradeaus den Flur entlang – dann rechts.«

Ich gehe vorsichtig den Gang entlang und habe bei jedem Schritt Angst, etwas von dieser Schönheit zu zerstören. Auch gehe ich betont langsam, weil ich nicht wieder aufwachen will aus diesem Traum.

Ich biege rechts in eine Tür ein, wo ich einen feinen Lichtschein durch den Türspalt erkennen kann.

»Ich habe dir ein Bad eingelassen, wenn du möchtest. Und hier liegen noch ein paar Klamotten.« Er stockt kurz. »Die sind von meiner Freundin, sie ist gerade auf Geschäftsreise, weißt du. Aber die müssten dir passen. Also, ich lass dich dann mal allein. Hast du Hunger? Ich koche uns eine Kleinigkeit. Magst du Rotwein? Hast du eine Lieblingssorte?«

»Südafrikaner! Ich steh auf Südafrikaner!«, höre ich mich sagen.

»Ach ja wirklich? Jetzt wird die Dame aber direkt. Na, da muss ich wohl noch ein paar Mal ins Solarium gehen.«

Ohne eine Antwort abzuwarten verlässt er lachend das Badezimmer. Seine Schritte werden leiser, biegen schließlich in ein Zimmer ein, um dann ganz zu verstummen. Dann nehme ich einen tiefen Atemzug. Als ich meinen Blick schweifen lasse und er dabei kurz im Badezimmerspiegel hängen bleibt, sehe ich eine leichte Röte in meinem Gesicht. Wie ein Teenager glüht mein Kopf vor Aufregung. Doch als ich an seine Worte von eben denke, spüre ich ein kurzes Stechen in der Brust.

Er hat also eine Freundin – die auf Geschäftsreise ist. Ich steige seufzend in das gut temperierte Badewannenwasser. Ist ja klar! Sie ist bestimmt eine hübsche, erfolgreiche Beautyqueen, die intelligent ist und wahrscheinlich auch noch Manieren und Charakter hat. Und einen verdammt guten Geschmack noch dazu.

Das spiegelt sich auch hier in diesem traumhaften Bad wieder. Alles wirkt perfekt!

Ein weißes Waschbecken, welches mit einem goldenen Wasserhahn geschmückt ist, passt sich vom Stil perfekt den mit Stuck verzierten Wänden an. Die kleinen goldenen Applikationen, die in den Fliesen aufgegriffen wurden, verleihen dem ansonsten schneeweißen Raum eine einzigartig stilvolle und märchenhafte Atmosphäre.

Was würde seine Freundin sagen, wenn sie wüsste, dass ich hier bin? Ich wasche mir diesen Gedanken mit sehr viel Schaum und gut riechenden Badezusätzen ab. Meine Haut ist selten so weich und mein Teint noch nie zuvor so strahlend gewesen. Liegt das an dem Bad? Oder an etwas Anderem?

Heute Morgen habe ich geheult, als ich in den Spiegel blickte. Jetzt lächele ich mir selig entgegen. Stärker könnte der Kontrast nicht sein! Vor allem wenn man bedenkt, dass sich diese Änderung innerhalb nur eines Tages abgespielt hat. Ich bin verrückt! Und wieder weggelaufen! Würde ich das morgen auch tun? Oder finde ich endlich meinen Seelenfrieden?

In der Wanne fühle ich mich seit langem wieder richtig geborgen. Die Wärme vertreibt meine negativen Gedanken. Diese Gefühlsschwankungen in letzter Zeit knabbern ganz schön an meinem Nervenkostüm. Hm, merkwürdige Redewendung und noch dazu eine ziemlich dumme Aussage! Ein Kostüm ist ja eigentlich eine Verkleidung. Wenn sich das nun allmählich auflöst, würde das bedeuten, dass ich diese Maske gerade verliere und mein ›wahres Ich‹ zum Vorschein kommt? Dann bin ich wohl nur ich selbst, wenn meine Nerven blank liegen und ich mich nicht mehr unter Kontrolle habe? Totaler Blödsinn, sich über so etwas den Kopf zu zerbrechen. Aber derartig verkorkste Schlüsse zu ziehen, ist typisch für mich. Ich komme mir dann immer so vor, als hätte ich etwas entdeckt, das vorher noch keinem aufgefallen ist.

Plötzlich höre ich Schritte, die sich nähern. Ich halte die Luft an, um abzuwarten, ob sie vor meiner Tür anhalten. Und natürlich tun sie das. Bewegungslos bleibe ich in der Wanne sitzen. Stille. Was macht der denn da?

Vielleicht sollte ich mich so allmählich doch mal fragen, bei wem ich hier eigentlich gelandet bin. Was kann er von mir wollen, und warum hat er mir einfach so geholfen? Vielleicht ist er ja doch ein Psychopath, der mich in seine Falle gelockt hat? Das wäre allerdings schon ein großer Zufall. Er hat mich ja schließlich völlig ungeplant gefunden. Suchen sich Psychopathen ihre Opfer eigentlich immer sorgfältig aus? Oh Mann, ich sollte mich mal wieder beruhigen! Wer lässt denn jemandem noch ein Bad ein, wenn er ihn umbringen will? Okay, auch dazu fallen mir so ein paar paranoide Erklärungsmöglichkeiten ein ... Da merke ich, dass ich – starr vor Angst – meine Hand die ganze Zeit verkrampft um meinen Hals gelegt habe. Meine Nägel krallen sich immer mehr in meine Haut. Die Übelkeit von heute morgen steigt wieder in mir auf. Diesmal ekele ich mich vor meiner Leichtfertigkeit und Naivität. Früher – als ich noch ein Kind war – hätte ich solche Dummheiten nie begangen. Aber jetzt, wo ich es eigentlich besser hätte wissen müssen, gehe ich einfach mit fremden Männern mit ...

Doch ich schaffe es, die negativen Gedanken beiseite zu schieben und steige aus der Wanne. Ich versuche mich zu beruhigen und besinne mich dabei auf meine Menschenkenntnis. Bisher habe ich mich sehr selten getäuscht und traue mir zu, meine Mitmenschen auf den ersten Blick zumindest grob einschätzen zu können. Louisa war auch anfangs komisch. Eben weil sie anders war. Aber ich habe sofort ihren inneren Kern gesehen.

So auch bei Hannes. Bei ihm zum Beispiel ist mir sofort der freundliche und offene Blick aufgefallen. Dieser Mann versprüht Frohsinn und Heiterkeit. Sein Sinn für Humor sagt mir, dass er das Leben auch von der lockeren Seite nehmen kann. Und sein – sagen wir – Palast weist darauf hin, dass er mit Sicherheit hart für seinen Erfolg gearbeitet hat. Womit verdient er eigentlich sein Geld?

»Cacci? Brauchst du noch lange? Das Essen ist fertig!«

Ich wirbel Richtung Tür, beuge mich vorsichtig vor und rufe möglichst entspannt: »Ja, ich ... ich bin schon fertig! Ich komme gleich!«

Schnell ziehe ich die Klamotten seiner Freundin an. Sie passen beinahe perfekt. Da ich mich nun ein wenig beeilen möchte, wickle ich einfach schnell und mehr oder weniger geschickt ein Handtuch um die nassen Haare. Wenn ich in Eile bin, stelle ich mich immer ein bisschen tollpatschig an. Und es dauert meistens doppelt so lange.

Als ich damit fertig bin, trete ich aus dem Badezimmer auf den Flur und brauche nur noch dem Duft von angebratenen Pilzen und gerösteten Zwiebeln zu folgen.

Erst jetzt spürte ich, wie hungrig ich tatsächlich bin. Unerwartet springt mir Hannes plötzlich von der Seite direkt vor die Füße: »Ha! Hab ich dich! Jetzt aber schnell – Essen wird kalt!«

Oh Mann, musste der mich so erschrecken? Ich bin derartig zusammengezuckt, dass mein Handtuch halb vom Kopf gerutscht ist. Ich schaue ihn kurz mit einem ›Schau-was-du-angerichtet-hast-Blick‹ an und dann müssen wir auch beide schon wieder laut auflachen.

»Du ärgerst mich schon gerne was?«

Ein langgezogenes »Nein – natürlich nicht!« ist die Antwort. »Normalerweise habe ich dafür gar keine Zeit«.

Damit liefert er mir die perfekte Steilvorlage für meine Frage: »Wieso? Was machst du denn die ganze Woche über?« Ich bin erleichtert, sie endlich losgeworden zu sein. Keine Ahnung wieso. Aber es beruhigt mich irgendwie. Und stolz auf meinen so geschickten Übergang bin ich zudem auch noch.

»Ich führe einen Club hier in München. Einen sehr gehobenen Club, weißt du! Und nebenbei schreibe ich noch. Ich bin ein kleiner, verkappter Romantiker. Gerne gebe ich das natürlich nicht zu. Frauen stehen doch eher auf harte Kerle. Und momentan befinde ich mich in einer etwas schwierigen Situation. Ich habe so was wie eine kleine Schreibblockade. Aber jetzt hol ich uns erstmal das Essen. Es gibt Rinderfilet mit Petersilie und Waldpilzen. Eigentlich wollte ich noch Kartoffeln dazu machen. Aber ich hatte keine mehr. Und Ich bin einfach nicht mehr zum Einkaufen gekommen, weil mir ja heute eine nette, junge Lady sozusagen vom Himmel direkt vor die Füßen gefallen ist.«

Er setzt wieder sein spitzbübisches Grinsen auf und reicht mir meinen Teller. Am Rand liegen drei Petersilienstücke. »Weißt du, warum das drei sind?«

Das weiß ich natürlich nicht. Entsprechend schaue ich ihn an.

»Erstens ist drei meine Glückszahl«, erklärt er also. »Eigentlich alles, was mit drei zu tun hat oder durch drei teilbar ist! Und zweitens sind asymmetrische Konstellationen für das menschliche Auge schöner und harmonischer!« Er greift nach seinem Besteck und ich denke augenblicklich: Spinner! Aber ein verdammt süßer!

Ich finde es doch sehr sympathisch, dass er mir gleich zu Anfang eine seiner Macken verrät. Da bin ich ganz anders. Ich bin eigentlich immer sehr darauf bedacht, mich von meiner besten Seite zu zeigen. Aber vielleicht ist ›die beste Seite‹ nicht immer auch die menschlichste?

Normalerweise bin ich sehr ehrlich, direkt und geradeaus. Ich liebe es, doppeldeutige Witze zu reißen und diese mit einer dreckigen Lache zu begleiten. Aber sobald ich einen Mann kennen lerne, der mir (warum auch immer) wichtig ist, werde ich irgendwie – sagen wir – verklemmt. Ja, ich bin dann eher still und zurückhaltend, wie auch an diesem Abend.

Doch Hannes' offene und unbefangene Art lässt mich immer mehr aus mir herauskommen. Wahrscheinlich ist auch der Wein nicht ganz unschuldig daran.

»Möchtest du noch welchen?«, fragt er da auch schon. Er hebt die Flasche, um zu signalisieren, was er meint.

»Sag mal«, ignoriere ich seine Frage, »was ist das eigentlich für einer?«

Seine Antwort fällt knapp aus und eigentlich hätte ich es mir auch denken können: »Südafrikaner natürlich! Den magst du doch – hast du gesagt.«

Ich lächele geschmeichelt und Hannes versteht das als Aufforderung, mir nachzuschenken.

»So! Jetzt sag doch mal, Cacci – was genau ist dir denn nun passiert? Willst du überhaupt schon darüber reden?«

Sein Lachen ist plötzlich verschwunden und er starrt mich

mit ernster, eindringlicher Miene an. Eine Antwort muss ich ihm geben, dessen bin ich mir bewusst. Aber was soll ich mir nun aus den Fingern saugen? Im Bad bin ich ja mit ganz anderen Problemen beschäftigt gewesen. Ich will Hannes nicht anlügen! Daher sage ich: »Nun ja, ich war auf der Flucht! Auf der Flucht vor einer Person – die mich verfolgt! Schon mein Leben lang! Sie lässt mich nicht in Ruhe und ist immer da! Ein Mensch, den ich liebe und zugleich hasse.«

Ich kann ihm nicht in die Augen blicken. Stattdessen schaue ich geziert nach unten und zupfe an meinen Fingern. Das tue ich immer, wenn ich nervös bin. Kurz hebe ich meinen Blick und sehe – wie befürchtet – in die mitfühlenden Augen von Hannes.

»Oh nein, das hört sich ja furchtbar an! Wer macht denn so was?! Du musst tatsächlich zur Polizei! Das muss doch irgendwann ein Ende nehmen.«

Ich schüttel vehement den Kopf und verliere mit einem Mal jegliche Kontrolle über meine Gesichtszüge. Meine Mundwinkel beginnen erst zu zucken und sinken dann hinab, ohne dass ich etwas dagegen tun könnte. Mein Kinn zieht sich zusammen und meine Schultern sinken nach unten.

Alles vor mir ist urplötzlich verschwommen. Ich muss erst einmal schlucken, bevor es aus mir heraus bricht: »Ich bin damit gemeint! Ich bin auf der Flucht vor mir! Und gleichzeitig auf der Suche nach mir! Es ist total verrückt. Ich frag mich ständig: Wo bin ich nur? Aber so sehr ich auch suche, ich kann mich nicht finden – und gleichzeitig laufe vor mir davon.«

In diesem Moment ist mir alles egal. Hemmungslos heule ich los. Hannes steht auf und nimmt mich in seine Arme. Mein Kopf ist an seine Schulter gelehnt. Mir ist es peinlich, als ich merke, dass sein Hemd sehr bald von meinen Tränen getränkt ist. Doch das hilft mir langsam, meine Fassung wieder zu finden. Ich zwinge mich zu einem Lächeln und entschuldige mich knapp für diesen spontanen Gefühlsausbruch. Weder eine Reaktion noch eine Antwort möchte ich hören, denn nachvollziehbar kann das für keinen normalen Menschen sein. Auch Hannes scheint bemerkt zu haben, dass mein Wortschatz für heute mehr als erschöpft ist. Und auch, dass ich keine Lust habe, weitere Tränen zu vergießen.

»Möchtest du ins Bett? Du siehst müde aus und überanstrengt! Lass uns morgen darüber reden, okay? Aber nur wenn du magst.«

Eigentlich hatte ich mir geschworen, gar nicht mehr über dieses Thema zu reden. Erst seit ich beschlossen hatte, dass ich etwas ändern muss – erst seit diesem Tag läuft schließlich alles aus dem Ruder. Eigentlich stoße ich mir doch immer selbst vor den Kopf! Und außerdem hat der Abend so schön begonnen, wenn ich ihn bloß nicht mit meinem Heulanfall abrupt beendet hätte! Was denkt Hannes denn jetzt bloß von mir? Aaahhhh!!! Das alles macht mich noch ganz krank! Meine ständigen und so unberechenbaren Emotionen sind so kräftezehrend und ungewohnt. Ich habe das Gefühl, mich nicht mehr im Griff zu haben. War das eine positive Veränderung? Ich war gerade viel zu erledigt, um mir ernsthaft Gedanken darüber machen zu können.

In dieser Nacht träume ich zu Anfang sehr unruhig. Auch wenn ich wahnsinnig erschöpft und müde bin, komme ich einfach nicht zur Ruhe und werde immer wieder wach. Ich denke an meine Familie, meine Freunde.

Kann ich in dieses Leben einfach wieder zurück? Werde ich damit glücklich sein? Habe ich überhaupt eine Wahl? Vielleicht will mich zu Hause niemand mehr oder sie haben inzwischen begriffen, dass sie besser ohne mich auskommen? Die ganze Zeit über habe ich so egoistisch gehandelt. Mein Handy ist aus, und ich dachte im wahrsten Sinne des Wortes nicht einmal im Traum daran, es noch einmal anzuschalten. Selbst wenn irgendjemand wollte, es könnte mich keiner erreichen. Auch nicht die, die vielleicht meine Hilfe brauchten. So ein bisschen plagt mich mein Gewissen schon. Mein Handeln war bisher alles andere als selbstlos. Ich war egoistisch nichts anderem gefolgt als meinem Fluchtinstinkt. Doch jetzt bin ich auf dem Weg. Ich kann nicht einfach so umkehren. Da muss ich jetzt durch! Das zumindest sagt mir meine innere Unruhe, die mich schon seit einiger Zeit nicht mehr zur Ruhe kommen lässt. Und ich habe gelernt, auf meine innere Stimme zu hören. Diese sagt mir, nein sie schreit sogar: Ja! Brech aus! Verschwinde aus deinem Käfig und finde heraus, was du wirklich willst! Geh nicht einen Weg. Geh deinen Weg.

Ich fühle eine Kraft mich durchströmen und verdammt noch mal, ich genieße es!

Nachdem ich das für mich geklärt habe, kann ich endlich richtig einschlafen. Meine verkrampften Gedanken kommen zur Ruhe und ich merke, dass mein Kopf nun richtig ins Kissen sinkt. Vorher bin ich wahrscheinlich einfach zu angespannt gewesen. Der Druck, der zwischen meinen Augen begann und sich allmählich über den gesamten Kopf ausbreitete, wird schwächer. Meine Gesichtszüge glätten sich langsam. Ein kleiner Klumpen löst sich von meiner Seele und fällt einfach ab. Und mit jedem tiefen Atemzug werden die Gedanken immer weniger und meine Sorgen entfernen sich immer weiter aus meinem Kopf.

Als ich meine Augen wieder öffne, scheint bereits die Sonne durch einen kleinen Spalt in das Zimmer. Zuerst schnuppere ich kurz. Nein, es riecht nicht nach Hund und ich bin auch nicht wieder in Lous Wohnung. Es war kein Traum und ich scheine tatsächlich ein Stück voran gekommen zu sein auf meinem Weg. Ich trete ans Fenster und bei dem Blick nach draußen zieht sich mein rechter Mundwinkel unwillkürlich ein wenig nach oben. Nein, es ist kein Lächeln, noch nicht, aber ein Stück Zufriedenheit.

Ich beobachte einen Vogel, der seine Kreise zieht und bewundere ihn dafür, dass er scheinbar so sorglos durchs Leben gleiten kann. Er kommt mir so unbekümmert vor, obwohl auch auf ihn jede Menge Gefahren lauern: Katzen, Autos, Vogelgrippe. Ob er davon weiß? Aussehen tut es nicht so. Der macht sich sicher keine Gedanken über Dinge, die er nicht ändern kann. Ganz schön schlau, so ein Vogel.

Wieder reiße ich mich selbst aus den Gedanken. Es muss schon verdammt spät sein. Die Sonne jedenfalls steht schon recht weit oben und scheint in voller Pracht. Ich versuche den Abschluss des gestrigen Abends zu verdrängen und trete hinaus in den Flur. Unsicher schlendere ich in Richtung Küche. Auf dem Weg hängt ein Spiegel an der Wand. Kurz riskiere ich einen scheuen Blick. Und ich bin erstaunt! Gut sehe ich aus. Entspannt und freundlich. Die Falten sind von meiner Stirn verschwunden und ich zwinker meinem Spiegelbild keck zu.

Dann höre ich Hannes aus der Küche kommen: »Good Morning Dornröschen!«

Auch er wirkt äußerst gut gelaunt und streichelt mich beim Vorbeigehen sanft an der Schulter. »Komm mit – frühstücken. Wenn man das noch so nennen kann. Wir haben halb drei! Wie lange hattest du denn schon nicht mehr geschlafen? Ich wollte mich schon durch die Dornenhecke kämpfen und dich wachküssen. Aber da war keine. Und ich bin ja auch kein Prinz. Außerdem bin ich mir noch nicht ganz sicher, ob du vielleicht nicht doch die böse Hexe bist.« Da ist er wieder – der Humor, den ich nach dieser kurzen Zeit schon so sehr ins Herz geschlossen habe.

Auf manche wirkt er vielleicht etwas befremdlich. Aber nicht auf mich. Ich liebe Selbstironie und Menschen, die sich und andere nicht immer so ernst nehmen.

»Sag mal, wieso bist du heute eigentlich so unverschämt gut drauf? Das muss gleich wieder geändert werden!« Mit einem süffisanten Grinsen spiel ich ihm den Ball zurück.

Hannes antwortet nur knapp: »Tja, DAS werde ich dir noch nicht verraten können! Aber ich habe eine Idee! Eine verdammt gute Idee! Und zwar zu einem neuen Gedicht! Nein, es ist nicht nur ein Gedicht. Es ist auch eine Geschichte, ein Tatsachenbericht, ein Krimi und ein Märchen. Aber jetzt schnapp dir erstmal einen Toast und danach gehen wir ein bisschen raus. Ich denke, ein wenig Ablenkung kann uns beiden nicht schaden. Und außerdem scheint da draußen gerade so verdammt schön die Sonne. Der Wind hat heute allerdings eine wahnsinnige Kraft. Ich habe vorhin den Müll runter gebracht. Meine Haushälterin hat ja noch gepennt. Hast du Lust, Drachen steigen zu lassen?«

Im ersten Moment schaue ich ein wenig verdutzt. Dann finde ich die Idee einfach nur klasse. Das hab ich ja schon Ewigkeiten nicht mehr gemacht und dieses unbeschreibliche Gefühl schon fast vergessen.

Wir fahren ein Stückchen raus aus der Stadt. Auf einer großen grünen Wiese verlebe ich einen meiner schönsten Tage seit langem. Unbeschwert laufe ich über das Gras. Lache, als Hannes mich fangen will und ich unsanft auf dem saftigen Grün lande. Dieses unbeschwerte Herumalbern. Wie ein kleines Kind. Herrlich! Ewig ist das her. Wenn ich jetzt zu Hause gewesen wäre, hätte ich bestimmt versucht, etwas ›Sinnvolles‹ zu machen – Pflichten, Arbeit … so was eben.

Aber hier, hier bin ich plötzlich ungezwungen und einfach nur glücklich.

Der Nachmittag saust nur so dahin. Und als es dämmert und wir nach Hause fahren, werde ich ein wenig wehmütig. Ich denke daran, dass wir uns bald voneinander verabschieden müssen. Immerhin kann ich mich nicht ewig bei Hannes einnisten. Und nicht nur wegen ihm oder seiner Freundin. Ich habe einen Weg vor mir. Und egal, wie weit mein Ziel noch entfernt ist, ich werde wieder aufbrechen müssen.

»Hannes«, sage ich deshalb, »ich danke dir für alles, was du für mich getan hast. Ich möchte deine Gastfreundschaft nicht ausnutzen. Ich muss weiter.«

Er schaut irritiert: »Wieso musst du so plötzlich weiter, Cacc? Was ist denn los? Hab ich was falsch gemacht? Du kannst gerne noch ein paar Tage bleiben! Meine Freundin ist sowieso noch auf Geschäftsreise. Versteh mich bitte nicht falsch, sie vertraut mir. Und ich habe gerne nette Leute um mich herum.«

Ich schüttel den Kopf. »Aber ich habe kein Geld. Und ich will nicht umsonst bei dir wohnen. Das geht nicht.«

»Ach, so ist das. Und was willst du dann machen ohne Geld? Wo willst du hin? Ich mach dir einen Vorschlag!« Seine Stimme klingt wieder voller Tatendrang, fast so wie heute morgen: »Du kannst in meinem Club arbeiten. Wir brauchen immer Bedienungen. Was hältst du davon?«

Eigentlich will ich mich nicht schon wieder binden oder besser gesagt von jemandem abhängig machen. Ich muss weiter. Wenn ich jetzt hier bleibe und als Bedienung anfange, ist das nicht der Verlauf, den ich mir erhoffe, und auch nicht die große Veränderung, die ich suche. Ich habe doch so große Pläne.

Auf der anderen Seite hat er Recht. Was habe ich schon zu verlieren? Selbst wenn ich bliebe. Schließlich weiß ich nicht, wohin mein Weg mich führen soll. Kann es da nicht sein, dass ich jetzt genau das tun soll? Als Bedienung arbeiten, bei Hannes wohnen. Ich habe Angst. Ich will mich nicht so gut mit ihm verstehen. Er ist in festen Händen und ich will die Abwesenheit seiner Freundin nicht ausnutzen. Wenn ich hier bleibe – riskierte ich es, mich in etwas hineinzusteigern und verletzt zu werden.

Mit Männern hatte ich bisher ja wenig Glück. Am Anfang lief es immer gut. Doch irgendwie schien nie einer auf Dauer meinen Ansprüchen zu genügen. Ich war es meistens, die es nicht lange ausgehalten hat. Und die Gründe waren nicht immer nachvollziehbar. Zumindest für Außenstehende. Ich denke heute, dass es einfach auch die Angst verletzt zu werden war, die mich immer wieder davon getrieben hat. Aber es ist nicht nur das. Vor allem will ich mich auch nicht von meinem Partner abhängig machen. Eigenständigkeit ist mir sehr wichtig. In einer Beziehung ist das nur schwer zu verwirklichen. Als Single habe ich mehr Zeit, an meiner Karriere zu arbeiten. Und ich muss kein schlechtes Gewissen haben und mich vor niemandem rechtfertigen, wenn ich mal spontan in der Stadt bin oder wenn ich zu dem Jazz-Dance-Kurs noch einen Ballettkurs belege – einfach nur aus Neugierde.

Aber im Gegenzug habe ich auch niemanden, der mir den Nacken massiert, der meine Hand nimmt, der mich wärmt, wenn meine innere Kälte über mich kommt. Und zu guter Letzt auch niemanden, der mich liebt, so wie ich bin. Trotz meiner Macken und meines komischen Humors! Oder vielleicht sogar gerade deshalb.

Ich will stark sein und sagen: »Nein, Hannes, es tut mir leid. Ich muss weiter.« Aber stattdessen höre ich mich fast kleinlaut erwidern: »Eigentlich hast du ja recht! Ein bisschen kann ich sicher noch bleiben. Deinen Club würde ich wirklich gern kennen lernen.«

Hannes strahlt mich an, als hätte ich ihm gerade erzählt, er sei Vater geworden oder habe im Lotto gewonnen. Ich bin überrascht und seine Reaktion ist mir völlig unverständlich. Ein Mensch wie er ist mir auch noch nicht begegnet. Einer völlig Fremden gegenüber verhält er sich so liebenswert, absolut charmant und süß. Diese große Freude, Wärme, Geborgenheit und Sicherheit, die er mir schenkt, ist für mich alles andere als selbstverständlich! Aber ich werde es genießen, entscheide ich, und einfach alles auf mich zukommen lassen. Und mir nicht schon wieder gleich zu Beginn alles von meinen Gedanken zerstören zu lassen.

So schnell wie sie auf mich zukommt, so schnell vergeht sie auch. Die Zeit mit Hannes rast wie im Flug.

Ich bin nun seit zwei Wochen bei ihm. Wir haben sehr viel Spaß zusammen – ob beim Kochen, beim Fernsehen oder abends beim Tanzen. Wir fühlen uns bereits jetzt so wahnsinnig vertraut und verbunden.

Der Schickimicki-Club von Hannes ist der Wahnsinn. Wie ein Star komme ich mir vor, wenn ich einfach an der Schlange vorbei hinein gehe. Ich fühle mich toll! Auch in Anwesenheit von IHM! Seine Freundin ist für mich schon beinahe vergessen. Nachgefragt, wann sie wieder kommt, habe ich auch nicht. Eher die Tatsache ausgeblendet und verdrängt. Ich habe sie wie es scheint sogar komplett aus unserem Leben gestrichen! Aus ›unserem‹? Na großartig! Das ging ja mal wieder schnell! Hatte ich mir nicht vorgenommen, mich nicht in diese Sache hineinzusteigern? Denn nur weil SIE nicht hier ist im Moment, heißt es ja nicht, dass sie nicht bald zurück sein wird. Sie lässt mir einfach keine Ruhe, also bleibt mir nichts anderes übrig, als Hannes gegen Ende der zwei Wochen auf seine Beziehung anzusprechen. Immerhin finde ich sein Verhalten ihr gegenüber nicht fair. Er flirtet mit mir und ich spüre durchaus eine starke Spannung zwischen uns. Mit meiner gewohnt unsensiblen und direkten Art eröffne ich das Gespräch: »Du Hannes, erzähl doch mal von deiner Freundin! Wie ist sie? Was macht sie? Was arbeitet sie denn, dass sie so lange weg ist?«

Ich blicke in zwei schwere Augen und eine Stirn, die sich in starke Falten gelegt hat. Seine Stimme bekommt eine ernste Färbung: »Lassen wir das Thema bitte, ja? Sie ist wirklich auf eine sehr lange Reise gegangen und es wird auch noch dauern, bis sie wieder kommt … Ach, da fällt mir ein – ich habe tolle Nachrichten. Ich wollte es dir ja eigentlich noch nicht verraten. Aber ich hab doch meine Schreibblockade überwunden und …«

Seine ausweichende Art empfinde ich als respektlos in dieser Situation. Verarschen lasse ich mich nicht gerne. Daher falle ich ihm sofort massiv ins Wort: »Moment mal bitte. Kannst du nicht einfach auf meine Frage antworten. Ich …«

Er unterbricht mich, baut sich vor mir auf und schreit mich urplötzlich wie von Sinnen an: »Ich … Ich … Verfluchte Scheiße, kannst du nicht einmal die Klappe halten?! Habe ich dich gefragt, als du da auf dem Boden lagst – nach deiner Flucht vor dir oder wem auch immer? Kannst du es nicht einmal lassen, immer in der gleichen Wunde zu bohren? Soll ich dir mal was sagen?« Er wartet gar nicht erst auf eine Antwort und fährt im gleichen hysterischen Ton fort: »Ich sag dir mal was, Cacci oder Simone oder Nina, oder wie auch immer dein richtiger Name ist. Meine Freundin … Sarah … sie … sie ist gestorben! Verstehst du? Vom Flughafen wollte ich sie abholen. Sie hatte eine Freundin besucht! Und ich – ich war wieder einmal unpünktlich. Ich kam zu spät! Sie wollte sich ein Taxi nehmen. Und als sie über die Straße gehen wollte, hat sie ein Auto erfasst.«

Er hält sich beide Hände vors Gesicht. Vor Wut und Trauer ist es hochrot. Seine sonst so sanfte und ruhige Stimme ist schrill und durch sein lautes Schluchzen ist er kaum noch richtig zu verstehen: »Vom Auto erfasst!«, wiederholt er noch einmal mit resignierter Stimme. »Vom Auto erfasst!« Er wird immer leiser. Dann verstummt er, aber nur, um mich Sekunden später wieder anzubrüllen: »Sie ist TOT! Sie ist gestorben! Sie war kein Mensch mehr! Sie lag auf der Straße wie ein totes Tier! Und ich … ich bin schuld! Ich habe sie getötet! Ich habe ihr alles genommen! Warum hat es sie erwischt? Warum nicht mich? Ich hasse mich! Verstehst du? Und ich werde mich immer hassen! Ich kann das nie wieder gut machen! Nie wieder … nie wieder … nie …« Er sackt einfach so in sich zusammen und lässt sich auf einen Stuhl fallen. Ich kann weder sprechen noch irgendetwas tun. Es ist fast, als würde ich neben mir stehen. Er hat mich angeschrien, als wäre ich schuld. Aber ich weiß ja, dass er es so nicht gemeint hat. Ich habe wahrscheinlich lediglich den Hahn am Ventil aufgedreht. Er muss ihren Tod vollkommen verdrängt haben, geht mir durch den Kopf. Denn die letzten zwei Wochen war ihm nicht das Geringste anzumerken. Und jetzt ist alles aus ihm herausgebrochen – wie bei mir am ersten Abend. Nur dass dieser Mann ein echtes Problem hat. Mein Gejammer und meine ständige Unzufriedenheit dagegen erscheinen mir nun noch lächerlicher. Er hat mich sogar noch getröstet. Er hat mich von der Straße aufgesammelt und aufgenommen, für mich gekocht und gesorgt. Aber vielleicht war das nicht nur für mich, sondern auch für ihn genau die richtige Therapie gewesen. Vielleicht wollte er auch einfach nur Ablenkung und jemanden um sich haben. Genau genommen hat er mich sogar ein klein wenig ausgenutzt. Wahrscheinlich hätte er jede mitgenommen. Aber für mich spielt das jetzt sowieso keine Rolle mehr. In erster Linie tut er mir einfach nur schrecklich leid. Er ist ein guter Mensch. Das ist mir in der kurzen Zeit klar geworden! Und wenn er sich an ihre Stelle wünschen könnte, er würde es tun. Wie kann ich ihm nur helfen? Wahrscheinlich gar nicht. So hart es auch klingt, das hier scheint mir ein Kampf zu sein, den er allein austragen muss. Das Wichtigste wird sein, dass er beginnt, alles zu verarbeiten und es nicht einfach zu verdrängen.

Ich fühle mich gerade ein wenig fehl am Platz. Und das nicht, weil ich meine, ihn in seiner Trauer zu stören. Er ist einfach noch nicht bereit für eine neue Beziehung. Und ich merke gerade jetzt sehr intensiv, dass es genau das war, was ich mir insgeheim die ganze Zeit erhofft habe.

Er kauert eine halbe Ewigkeit in seiner krummen Position am Tisch. Zumindest kommt es mir so vor. Ich spüre, dass ich ihn jetzt einfach allein lassen muss. Eine Umarmung würde er genauso wenig annehmen können, wie tröstende Worte. Denn alles, was ich sagen könnte, würde an seinen Schuldgefühlen nichts ändern. Wie angewurzelt stehe ich daher einfach da und starre emotionslos in die Ecke. Zu mehr bin ich gerade auch nicht in der Lage.

Irgendwann erhebt er sich wortlos und beinahe gefasst. Er geht zur Tür hinaus ohne zurückzublicken und verkriecht sich in sein Arbeitszimmer, das er während meiner Anwesenheit nicht besonders häufig aufgesucht hat. Jetzt weiß ich natürlich, woher seine Schreibblockade kommt. Hätte mir das nicht gleich komisch vorkommen müssen? Ein kreativer Mann in einer glücklichen Beziehung und eine Schreibblockade passen nicht wirklich zusammen. Hm, aber hat er mir nicht erzählt, dass er wieder eine Idee hat?

Ach, wie auch immer. Fakt ist, dieser Mann schleppt ein wahnsinniges Problem mit sich herum – große Trauer, Wut und Unausgeglichenheit. Und das alles lastet schwer auf seiner Seele. Also genau das, was ich jetzt gar nicht gebrauchen kann.

Er muss erst einmal mit sich ins Reine kommen. Ich kann ihm dabei nicht helfen. Ich bin die falsche Person. Ich habe die letzten zwei Wochen nichts gemerkt. Rein gar nichts ist mir komisch vorgekommen. Mit meiner unsensiblen Art habe ich egoistisch seine Gastfreundschaft ausgenutzt. Ja, da brauche ich mich auch nicht zu wundern, dass er mich anschreit wie von Sinnen.

Es ist Zeit zu gehen. Doch ich schaffe es einfach nicht, mich von Hannes persönlich zu verabschieden. Ob aus Feigheit, Egoismus oder einfach nur, weil ich ihm jetzt nicht in die Augen sehen könnte. Ich konnte meine Gefühle nicht ordnen. Denn auf der einen Seite verstehe ich ihn. Aber ich merke auch, dass er noch nicht bereit ist. Und ich auch nicht. Denn ich forderte Ehrlichkeit von ihm und war selber nicht bereit, ihm meine Geschichte zu erzählen. Daher ist es nicht mehr als ein kleiner Zettel, den ich ihm hinterlasse. Und in dieses Stück Papier lege ich meine unausgesprochenen Gefühle.

Lieber Hannes,
du hast mir in den letzten zwei Wochen so oft das Lachen wieder ins Gesicht gezaubert. Vielleicht sogar ein bisschen zu oft. Denn

du bist mir in der kurzen Zeit wichtiger geworden, als ich es je wollte. Du kennst mich schon ein wenig. Zu viel Nähe macht mir Angst. Und ich kann dir nicht geben, was du brauchst. Gerade jetzt, wo du Menschen um dich haben musst, die dich wirklich kennen und fühlen, dass es dir schlecht geht. Das konnte ich nicht.
Auch wenn ich jede Sekunde mit dir genossen habe – ich muss weiter. Mein Ziel ist noch nicht erreicht. Auch wenn sich das bescheuert anhört, aber ich muss auf meine innere Stimme hören. Ich wünsche dir alles erdenklich Gute! Und vor allem den Seelenfrieden, den du dir so sehr verdient hast! Du bist kein schlechter Mensch. Und deine Freundin hat dir sicher nie Vorwürfe gemacht! Und wenn doch, hat sie dir längst verziehen! Da bin ich mir ganz sicher. Also solltest du dir auch verzeihen!
Ich drück dich und gebe dir einen dicken Kuss!
P.S.: Ich …

Hin – nicht weglaufen!

Ich kann den Satz einfach nicht beenden. Besser gesagt: Ich darf ihn nicht beenden. Auch weil ich es mir nicht eingestehen mag, wie verletzt ich bin. Aber was bringt das auch noch? Wieso sollte ich ihm Gefühle offenbaren, die sowieso keine Chance auf Erfüllung haben? Also breche ich ab und lege den Stift beiseite. Danach nehme ich den Zettel und lege ihn in die Mikrowelle.

Hannes hat nämlich so einen Tick: Bevor er etwas aufwärmt, muss er immer zuerst nachschauen, ob sie auch wirklich leer ist. Das hat mit einem – sagen wir – traumatischen Kindheitserlebnis zu tun. Als kleiner Junge hatte er mal seinen Hamster in der Mikrowelle versteckt. Seine Mutter wusste das nicht und wollte Essen aufwärmen. Wie die Geschichte ausging, muss ich wohl nicht weiter erläutern. Und dass Hannes danach nie wieder einen Hamster wollte, ist auch mehr als verständlich. Diese doch so ernste Situation mit einem derartigen Witz zu beenden, mag ein wenig geschmacklos und unsensibel erscheinen. Doch ich wusste, dass es nicht so ankommen würde. Denn er hat diesen ganz besonderen Humor, den ich so an ihm mochte.

Ich kneife meine Lippen zusammen und erwische mich bei einem kleinen wehmütigen Lächeln. Denn mir wird gerade bewusst, dass ich schon einiges über Hannes erfahren hatte. Und das nach der kurzen Zeit. Als das Stück Papier seinen Platz eingenommen hat, gehe ich aus der Tür. Ich drehe mich noch einmal kurz um. Meine Entscheidung ist richtig. Und ein Abschied bedeutet nicht, dass man jemanden nie wieder sieht. Wer weiß schon, was noch kommt? Ich nehme einen tiefen Atemzug, als ich durch die Haustür nach draußen trete. Ich verlasse das Grundstück. Und am liebsten hätte ich auch gleich wieder die Stadt verlassen. So bin ich eben.

Aber so will ich nicht mehr sein! Und so absurd, wie das klingen mag, aber genau das ist der Grund, warum ich erneut aufbrechen muss. Es fühlt sich richtig an. Und ich weiß, dass es richtig ist. Denn ich verspüre noch immer diese Unruhe in mir. Ich bin noch nicht angekommen. Nicht körperlich, sondern geistig. Es wartet noch eine Aufgabe auf mich. Und diesmal klammere ich mich nicht an Utopien. Halte nicht an Träumen fest, die mit Erfolg oder Ruhm zu tun haben. Wenn ich ehrlich bin, habe ich selber keine Ahnung, was ich mir nun eigentlich erhoffe. Aber ich höre auf meine innere Stimme. Und ich fühle mich gerade sehr sicher und wohl dabei.

Keiner außer mir weiß schließlich, was gut für mich ist! Wenn ich jemanden hierzu befragt hätte, wäre die Antwort mit Sicherheit nur ein Kopfschütteln gewesen. Und vermutlich sieht auch niemand außer mir einen tieferen Sinn in meinem Vorhaben. Bei diesem Gedanken muss ich beinahe ein wenig schmunzeln. Wie verrückt das erscheinen mag. Und was wäre nun passiert, wenn ich in eine andere Stadt gefahren wäre und nicht nach München? Ob es vielleicht sogar einen besseren Weg gegeben hätte, der richtiger gewesen wäre? Das werde ich wohl niemals erfahren. Und was ist schon richtig? Dieser hier jedenfalls ist mit vielen Erfahrungen, neuen Begegnungen und verschiedensten Gefühlen gepflastert. Also kann er so falsch nicht sein. Doch je mehr Menschen man auf einer Reise begegnet, umso mehr muss man bedauerlicherweise auch wieder verlassen. Diese Erlebnisse spenden uns allerdings trotzdem Kraft und helfen dabei, unsere Persönlichkeit weiterzuentwickeln. Und natürlich bin ich trotz meiner inneren Überzeugung auch ein wenig traurig. Ich habe einen Mann zurückgelassen, der mich in den letzten zwei Wochen zur glücklichsten Frau der Welt gemacht hat. Er gab mir das Gefühl, einzigartig zu sein. Und das, obwohl ich die ganze Zeit über selbst nichts Besonderes geleistet habe. Zwei fremde Menschen, die sich einfach gefunden haben. Beinahe, als wäre es Schicksal. Oder war alles doch nur ein dummer Zufall? Dennoch habe ich eines dazu gewonnen: Und das ist neue Stärke und ein neuer innerer Antrieb, vorwärts zu gehen.

Als ich nun so gedankenverloren vor mich hinschlendere, erblicke ich eine Gruppe Jugendlicher. Vier Jungs und ein Mädchen. Drei von den Jungs treten auf den Vierten, der bereits gekrümmt auf dem Boden liegt, ein und beleidigen ihn dabei aufs Übelste. Das Mädel steht nur teilnahmslos daneben. Sie zupft an ihren Fingern und zeigt sich vollkommen unbeeindruckt. Ich dagegen bin von dem Bild, das sich mir bietet, völlig geschockt. Auf der einen Seite erschrecken mich die Jungs, die auf ihr wehrloses Opfer einschlagen. Noch schlimmer aber finde ich diese blöde Kuh, die einfach nur daneben steht, ohne eine Miene zu verziehen. Was geht nur in solchen Menschen – in solchen Kindern vor? Doch ich scheine die einzige zu sein, die das als derartig schlimm empfindet. Keiner der Passanten bleibt stehen. Als wenn nichts wäre, laufen alle an der Gruppe vorbei. Ich dagegen kann das keine Sekunde länger mit ansehen. Eine riesige Wut staut sich in mir auf. Zum ersten Mal seit langem richtet die sich nicht gegen mich, sondern gegen andere. Ohne darüber nachzudenken, laufe ich schnurstracks auf die Gruppe zu. Auch auf die Gefahr hin, dass ich gleich selber eine verpasst bekomme, reiße ich einen von ihnen von dem Jungen weg. Die beiden anderen lassen sofort von ihrem Opfer ab und glotzen mich nun alle zusammen blöde an. Mit mir hatte wohl keiner von denen gerechnet.

JETZT muss ich mir schleunigst etwas einfallen lassen. Ohne zu zögern und mit eiskalter Miene höre ich mich sagen:

»Hey Jungs, verdammt, ihr wisst doch, dass wir euch beobachten! Jetzt verprügelt ihr schon wieder einen Unschuldigen! Ich sag euch eins, wenn mir auch nur noch ein Fall in dieser Richtung zu Ohren kommt, dann wandert ihr alle in den Knast! Haben wir uns verstanden?! Und wenn ihr nicht auf der Stelle eure dreckigen Finger von dem Jungen lasst und euch verpisst, dann hol ich Verstärkung! Alles klar? Oder habt ihr noch Fragen?« Meine Hand geht dabei bedächtig an meine Jacke, so als hätte ich darunter eine Pistole, die ich bei Gegenwehr sofort zücken könnte.

Ich warte eigentlich eher auf Gelächter. Denn ich würde mir die Bullennummer wohl selber nicht abkaufen. Aber ich blicke eher in überraschte, beinahe eingeschüchtert wirkende Gesichter. Sie halten noch einen Moment inne, bis einer ein kurzes Zeichen mit der Hand gibt. Dann rennen sie gemeinsam davon. Zwar kann ich noch deutlich was von wegen »blöde Schlampe« vernehmen, aber da stehe ich drüber! Ich bewege mich nicht von der Stelle, stemme beide Hände in die Hüften und blicke ihnen triumphierend hinterher, bis sie nicht mehr zu sehen sind. Nun, dass ich meine Rolle so überzeugend spielen würde, hätte ich mir höchstens im Traum vorstellen können. Und das ohne vorher nachzudenken. Bei meiner selbst inszenierten Fluchtszene an meinem ersten Tag in München bin ich noch weggerannt. Hier war ich hingerannt und habe mich der Konfrontation gestellt. Ohne nachzudenken, völlig selbstlos hatte ich mich in Gefahr begeben – zugegebenermaßen in eine überschaubare. Was hätten die Knirpse schon machen sollen? Aber schließlich kann man das ja nie so genau wissen. Also ein bisschen gefährlich war es schon. Und das war mir in dem Moment nicht einmal richtig bewusst. Denn Gerechtigkeit ist für mich selbstverständlich und das sollte es auch für jeden anderen sein.

Mitfühlend wende mich nun dem geprügelten Knaben zu. Er liegt da mit seinen roten, abstehenden Ohren. Ich schätze ihn vielleicht gerade mal auf elf. Wenn man ihn so betrachtet, sieht er aus wie der typische Junge, der von anderen gehänselt wird. Traurig eigentlich. Immer auf die Gleichen. Das wird sich wohl nie ändern. Wenn er groß ist, steht er da hoffentlich drüber.

»Geht's dir gut? Hast du Schmerzen?«, frage ich, doch ist mir klar, dass meine Fragen unnötig sind. Er blutet aus Nase, Mund und Ohren. Wie sollte es ihm da gut gehen? Verdammt, das sieht wirklich übel aus. Er muss sofort zu einem Arzt! Ich stürme auf das nächste Auto zu, das vorbei kommt und bringe es, wild gestikulierend, zum Stoppen. »Brauchen Sie Hilfe?« Eine nette Frauenstimme ertönt aus dem mittlerweile heruntergekurbelten Autofenster. Als sie den Jungen sieht, springt sie ohne ein weiteres Wort aus dem Wagen und hilft mir, ihn auf den Rücksitz zu legen.

Sie rast durch die Stadt bis zum nächsten Krankenhaus. Ich bin die ganze Fahrt über damit beschäftigt, das Blut aus seinem Gesicht zu tupfen. Er ist zwar bei Bewusstsein, aber nicht in der Lage, zu sprechen. Benommen sitzt er neben mir und zeigt keinerlei Reaktionen auf meine Fragen. Als wir ankommen, springe ich aus dem Auto, laufe in die Notaufnahme und komme mit zwei Pflegern und einer Trage zurück, auf die der kleine Junge gelegt wird. Krampfhaft hält er seine Schultasche in den Händen. Die ist mir vorhin gar nicht wirklich aufgefallen. Welches Kind denkt in solch einer Situation an die bescheuerte Schultasche? Also doch ein Streber. Böser Gedanke in solch einer Situation.

Drinnen angekommen stürzen gleich zwei Ärzte auf uns zu. Sie fragen mich, was passiert sei und ob ich mit dem Jungen verwandt bin. Ich schildere kurz das Geschehen. Damit erübrigt sich die zweite Frage. Dann werde ich zum Empfang geschickt. Ich soll dort auf einem Stuhl Platz nehmen und auf die Polizei warten. Oh Mann, nicht schon wieder die Bullen! Aber das hilft nun nichts. Ich setze mich also und versuche mich ein wenig zu entspannen.

Nach einer Weile betritt eine Frau die Notaufnahme. Ich höre, wie sie sich nach meinem Schützling erkundigt. Ich vermute instinktiv, dass das die Mutter sein muss. Da ich mich irgendwie verantwortlich fühle, drängt es mich, ihr in ihrer Sorge beizustehen. Doch bevor ich mich aufrappeln kann, schlägt mir ihre gefühllose Art entgegen. Sie scheint nicht besorgt, sondern vielmehr genervt. Ich sitze zwar nicht weit weg, kann aber bedingt durch die Krankenhausgeräusche nur Gesprächsfetzen mitbekommen. Das reicht mir allerdings, um mir ein Urteil über diese Frau zu bilden. Ihr »Kann er sich denn nicht mal zur Wehr setzen?« jagt mir einen kalten Schauer über den Rücken. Ist das eine angemessene Reaktion, auf das, was ihrem Jungen widerfahren ist? Als sie dann auch noch fragt »Wie lange dauert das denn jetzt hier eigentlich?«, hält es mich nicht mehr auf meinem Platz. Ich muss mich einfach einmischen und gehe schnurstracks zu ihr an den Empfang.

»Entschuldigen Sie, ich wollte mich auch einmal nach dem Jungen erkundigen! Wie geht's ihm denn? Können Sie mir schon etwas sagen? Ach«, wie beiläufig wende ich mich der sympathischen Dame zu, »und Sie sind die Mutter? Machen Sie sich keine Sorgen! Es wird bestimmt alles gut.«

Ich versuche möglichst freundlich zu wirken, was jedoch so bei der Dame nicht ankommt. Das kann auch an meinem leicht süffisanten Unterton liegen, den ich in dieser Situation wohl nicht ganz unterdrücken kann. Entsprechend forsch fällt ihre Antwort aus: »Ich bin nicht die Mutter! Der Junge hat keine Eltern mehr. Aber wer sind SIE eigentlich, wenn ich fragen darf? Und was interessiert Sie denn bitte das Kind?«

Ich kläre sie über meine Beteiligung auf, erzähle, wie ich ihm geholfen habe und als ich an die Stelle komme, an der ich mich als Zivilpolizistin ausgebe, bin ich die Einzige, die kichert. Die anderen blicken ernst zu mir herüber. Die peinliche Situation versuche ich mit einer ernster klingenden Frage zu überspielen: »Was ist mit seinen Eltern passiert?«

Damit scheint sie nicht gerechnet zu haben. Auch wirkt sie nicht so, als hätte sie tatsächlich Lust, sich mit mir auf eine Konversation einzulassen. Schließlich antwortet sie doch und versäumt es aber nicht, das ganze mit einem genervten Augenrollen zu untermalen: »Die Eltern von Daniel sind schon vor ungefähr sechs Jahren bei einem schweren Autounfall ums Leben gekommen. So genau weiß ich das auch nicht mehr. Auf alle Fälle wohnt er seither in unserem Heim. Ich bin die Leiterin dieser Einrichtung. So, und jetzt möchte ich endlich wissen, wie lange das noch dauert. Was ist denn nun mit dem Jungen?«

Sie wendet ihren kalten Blick von mir ab und schleudert ihn stattdessen der Frau am Empfang entgegen.

Ich stehe da – wie vom Donner gerührt. Ich hatte keine Dankbarkeit von ihr erwartet. Das war es nicht. Eher durchströmt mich ein unendliches Mitleid. Was dieser Junge – was Daniel schon durchgemacht haben muss in seinen jungen Jahren, ist unbeschreiblich. Ich selbst kann fast den Kummer spüren, den er die ganzen letzten Jahre in seinem Herzen gehabt haben muss. Und dann auch noch diese Heimleiterin und die prügelnden Jugendlichen! Doch all das war sicherlich nichts im Vergleich zu dem, was der Tod seiner Eltern in ihm ausgelöst haben muss. Mein Hals verengt sich. Ich kann kaum noch schlucken. Wenn ich mir vorstelle, wie er Tag für Tag alleine im Heim sitzt und artig seine Schularbeiten macht, kommen mir beinahe die Tränen. Aber vielleicht ist das alles auch gar nicht so dramatisch? Und ich sehe das nur wieder viel zu emotional.

»Daniel ist ein sehr schöner Name«, murmele ich so vor mich hin. »Ich wollte einen meiner Söhne auch immer so nennen.« Mit diesen Worten versuche ich ein wenig Optimismus in die Runde zu werfen.

Da steht plötzlich ein Arzt hinter uns. Ich zucke ein wenig zusammen, als ich ihn erblicke. Er trägt diesen typischen Gesichtsausdruck, den Ärzte im Fernsehen aufzusetzen pflegen, wenn etwas nicht in Ordnung ist.

Die Olle neben mir scheint das in ihrer gefühlskargen Welt nicht zu bemerken. Sie hechtet sofort dem Arzt entgegen: »Was ist denn jetzt los? Sind Sie der zuständige Arzt?«

Er nickt: »Sie sind Frau Breitenbach, die Heimleiterin, richtig?«

Als Antwort serviert sie ihm ein schiefes, stolzes Lächeln, gepaart mit einem undefinierbaren Kopfzucken.

Daraufhin schiebt er Mrs. Oberschrulle Breitenarsch – äh, Breitenbach – zur Seite und beginnt, ihr die Situation zu schildern.

Ich kann gar nichts verstehen. »Moment!«, schiebe ich mich dazwischen. »Ich würde auch sehr gerne wissen, was mit Daniel ist!«

Zwei verdutzte Augenpaare schauen mich an. Der Arzt zieht das Kinn nach unten und fragt perplex: »Wer sind Sie denn? Ach, Sie sind die Frau, die ihm geholfen hat, oder? Es tut mir leid, aber ich kann nur mit Angehörigen …«

»Ist schon in Ordnung!«, fällt ihm die unheimliche Heimleiterin ins Wort. »Sie kann bleiben.«

War das etwa doch ein Hauch von Freundlichkeit, der sie gerade durchfährt? Wohl eher nicht. Sie scheint einfach wenig Interesse an langen Diskussionen zu haben. Alles, was diese Situation zu verkürzen in der Lage ist, ist ihr willkommen. Und mir scheint, dass genau das der Grund ist, warum sie mich mithören lässt. Es ist ihr schlichtweg egal, wer alles über das Schicksal von Daniel informiert wird. Somit berichtet der Arzt nun uns beiden vom Zustand des Jungen: »Daniel hat einen Schädelbasisbruch erlitten. Wir wissen bisher leider nicht, ob er noch weitere innere Verletzungen oder Blutungen hat. Es tut mir sehr leid, aber mehr können wir ihnen zum momentanen Zeitpunkt nicht sagen! Er liegt nun im Koma. Wir wissen nicht, wann er wieder aufwacht. Seine Situation ist kritisch. Und noch etwas: Bei der Untersuchung sind wir auf ältere Verletzungen gestoßen. Die können nicht von dieser einen Schlägerei kommen. Er muss vorher auch schon geschlagen worden sein.« Den letzten Satz höre ich nur noch ganz latent und leise in meinem Kopf nachschwingen. Denn ich hatte schon die nächste Frage auf der Zunge liegen.

»Kann ich zu ihm?« Höre ich mich beinahe flehend sagen.

»Jetzt Momentchen mal, Herr Doktor!«, ruft die Olle empört dazwischen: »Was heißt das für mich jetzt? Er wird auf alle Fälle in nächster Zeit im Krankenhaus bleiben und nicht am Unterricht teilnehmen können? Richtig?«

Der Arzt nickt: »Ja, so kann man das auch formulieren. Wenn er überleben sollte, würde es Wochen dauern, bis er wieder rehabilitiert ist. Zu eventuellen Folgeschäden kann ich mich leider auch noch nicht äußern«

»Na ja, okay, dann halten Sie mich bitte auf dem Laufenden. Jetzt bringt es ja wohl dann sowieso nichts, ihn zu besuchen. Er bekommt das ja so und so nicht mit. Der Junge soll sich mal ausruhen und ich werde jetzt mal nach Hause gehen. Meine Enkel kommen heute zu Besuch!« Sie gibt dem Arzt ihre vermutlich eiskalte Hand und macht sich danach einfach aus dem Staub.

Mich behandelt sie dabei wie Luft. Perplex und zugleich aggressiv fällt mein Urteil aus. »Was ist das für eine gefühlskalte Frau? Ihre ›Heimkinder‹ scheinen ihr nicht das Geringste zu bedeuten. So etwas müsste man sofort auf die Anklagebank setzten! So eine blöde …«

»Regen Sie sich nicht auf, damit ist keinem geholfen! Wenn Sie möchten, können Sie jetzt gerne zu dem Jungen. Auch wenn er wahrscheinlich nicht reagieren wird, spürt er ihre Anwesenheit. Und mir ist es lieber, wenn eine Person bei ihm ist, die ebenso sensibel und mitfühlend ist wie er, als eine verbitterte, alte Heimleiterin, die sich nicht für ihn interessiert.«

Da ist er wieder. Der Kloß in meinem Hals. »Wieso ebenso? Kennen Sie Daniel?«

»Ja, er war schon öfter bei mir in Behandlung, weil er immer so starke Kopf- und Bauchschmerzen hatte. Aber soweit ich feststellen konnte, war er physisch gesund. Seine Beschwerden hatten psychosomatische Ursachen. Das ist der ganze Schmerz, der ihn krank macht. Er hat sehr offen mit mir über seine Probleme gesprochen. Sehr verblüffend für sein Alter. Eigentlich dürfte ich Ihnen das alles gar nicht erzählen – Schweigepflicht und so. Aber ich möchte, dass Sie es wissen und dass Sie ihm vielleicht noch ein wenig Liebe und Trost spenden. Ich weiß unter uns gesagt nicht, ob er das überlebt. Ach ja, hier ist seine Schultasche, die hatte er dabei. Ich habe ganz vergessen, sie Frau Breitenbach mitzugeben. Weil sie so schnell wieder weg war.«

»Ich danke Ihnen für Ihre Offenheit! Kann ich vielleicht in der Klinik übernachten? Bitte! Ich kann Daniel jetzt einfach nicht so völlig allein hier zurück lassen. Das war er doch in den letzten Jahren genug.«

Ich weiß genau, wie ich den sensiblen Dr. Springer als Untermalung für den letzten Satz ansehen muss, um ihn zu erweichen.

Er runzelt die Stirn und antwortet schwer: »Wissen Sie, ich darf das alles eigentlich nicht. Ich hätte nicht mal über ihn sprechen dürfen. Damit riskiere ich meinen Job. Aber ... aber, na gut! Irgendwelche Vorschriften und Gesetze sollten uns nicht daran hindern, Menschlichkeit zu zeigen. Ich werde angeben, dass Sie seine Halbschwester sind und erst kürzlich von Daniel erfahren haben. Ist das in Ordnung für Sie?«

»Sie sind phantastisch! Wissen Sie das? Vielen Dank. Ich weiß, dass Ihr Handeln nicht selbstverständlich ist.«

Er versucht, seine Verlegenheit zu verbergen: »Ja, schon gut! Aber bitte treten Sie das hier nicht so breit!« Er fasst mir kurz an den Arm und lächelt dabei fast ein wenig aufmunternd. »Auch wenn ich nicht weiß, warum Sie sich so stark für den Jungen einsetzen. Obwohl Sie ihn doch eigentlich nicht kennen. Selbstlosigkeit ist eher selten geworden heutzutage.«

Ich komme nicht dazu, ihm eine Antwort zu geben, denn ich sehe im Blickwinkel bereits zwei Polizisten auf uns zukommen. »Guten Tag, Herr Doktor Springer«, begrüßen sie meinen Helden des Tages. »Wir kommen wegen des Jungen. Wir brauchen eine Aussage von Ihnen und von demjenigen, der ihm geholfen hat!«

»Ich habe ihm geholfen!« Mal wieder habe ich nicht genug Anstand und falle dem Polizisten einfach ins Wort. Nicht weil ich den Held spielen will, sondern weil ich danach endlich zu Daniel kann. Und ich habe keine Lust, noch länger meine Zeit mit anstrengenden Konversationen zu verplempern.

Der eine fängt an zu kichern, als er mich sieht, und zieht die bereits ergrauten Augenbrauen hoch. Er blickt in mein angespanntes Gesicht und wird ernster: »Ach, das war kein Witz? Es ist nur sehr ungewöhnlich. Entschuldigen Sie, wenn Sie wüssten, mit was wir tagtäglich zu tun haben. Erst vor zwei Wochen hatten wir einen Fall, wo eine Frau nur mit Unterwäsche bekleidet einkaufen war, weil sie ... Na ja ... wie auch immer ...« Er räuspert sich kurz und fragt mich: »Können wir uns kurz unterhalten? Ich möchte gerne, dass Sie uns den Verlauf der Ereignisse genau schildern!«

Nun nähert sich auch noch ein Mann mit Spiegelreflexkamera und Tonband. »Ach nein«, seufzt der andere Polizist. »Nicht schon wieder die Typen von der Presse! Immer das Gleiche mit denen. Die sind fast schneller als wir.«

Kaum ist der Reporter bei uns, verstehe ich auch den Seufzer des Polizisten. »Sorry zusammen, kann ich ein Foto von Ihnen machen? Und ein kleines Interview wäre auch nicht schlecht.«

Mir wird das langsam alles zuviel: »Was soll das denn jetzt? Ich will jetzt einfach nur zu Daniel!« Meine Stimme klingt schon wieder sehr weinerlich. Durch meine emotionale Reaktion bekomme ich natürlich sofort die ganze Aufmerksamkeit des Pressefuzzis: »Ach, Sie kennen den Jungen?«

»Ich bin seine Halbschwester!« Verflucht! Das wollte ich doch gar nicht sagen. Herr Dr. Springer zuckt leicht zusammen. Ich hätte einfach einmal im Leben die Klappe halten sollen. Aber dafür ist es nun zu spät! Der Reporter hat längst Blut geleckt und beginnt schon, sich seine eigene Story zu basteln. »Ach, und Sie haben ihn hier gesucht – und schließlich auch gefunden? Und gerettet? Okay, ich brauch nur noch ein Foto.«

Dann blitzt es auch schon. Er muss einen derart geschockten und empörten Gesichtsausdruck von mir eingefangen haben, dass mich auf den Bildern sowieso keiner erkennen wird. Doch das war mir auch völlig Grütze. Ich hatte nur ein Ziel im Kopf.

Ich will zu dem Jungen! Sofort! Ich weiß nicht genau warum, und was das zu bedeuten hat, aber es drängt mich zu ihm. Bisher hat es mich immer wieder weg- bzw. weitergezogen. Jetzt war es andersherum und ich musste meinem Gefühl folgen.

Irgendwie fühle ich mich mit ihm auf eine komische Art verbunden. Da macht sich einer der beiden Polizisten bemerkbar und sagt zum Reporter: »So, jetzt hauen Sie bitte ab und lassen Sie UNS UNSEREN Job machen!«

Sie schubsen den triumphierenden Pressevertreter – der längst hat, was er will – zur Seite und wenden sich wieder zu mir: »Also, jetzt beschreiben Sie doch bitte mal den Hergang.«

Ich schüttle wild den Kopf um einen klaren Gedanken fassen zu können. Aber ich habe noch immer nicht verarbeiten können, was sich hier die letzten Stunden abgespielt hat. Und ich habe weder Lust noch die Kraft, mich den ganzen blöden Fragen zu stellen. Mein Geduldsfaden reißt und wird dabei auch gleich noch in tausend Teile zerfetzt. Die Schlägerei, das Blut, die unfreundliche Heimleiterin, die Geschichte des Jungen, der Presseheini und jetzt auch noch die Polizei: »Ich kann nicht mehr! Verstehen Sie?! Ich kann Ihnen heute gar nichts mehr sagen! Ich will zu Daniel! Mein Kopf ist voll und zugleich leer.«

Der Polizist macht nicht den Anschein, mich umstimmen zu wollen. Er sieht mich verständnisvoll an und drückt mir dabei seine Visitenkarte in die Hand: »Also gut. Dann kommen Sie bitte morgen Vormittag zu dieser Adresse! Wie ich das sehe, bekommen wir von Ihnen heute sowieso kein vernünftiges Profil mehr von den Tätern. Ich denke, Sie sollten sich ausschlafen und noch einmal alles Revue passieren lassen. Bedenken Sie aber bitte, dass nur Sie zur Klärung des Falls beitragen können. Wir brauchen Ihre Aussage und setzen auf Ihre Mithilfe. Komm, Siggi, wir gehen!«

Sie nicken noch einmal zu mir rüber und lassen mir zumindest für heute meinen Frieden. Erst jetzt bemerke ich das Zittern meiner Knie. Aber für Schwäche ist jetzt keine Zeit: »Ich muss zu ihm! Bitte Herr Dr. Springer, bringen Sie mich endlich zu Daniel!«

Er nickt und bringt mich bis vor eine Tür. »Bitte erschrecken Sie nicht. Wenn etwas ist, holen Sie einfach eine Schwester.« Er klopft mir noch einmal auf die Schulter und schenkt mir ein aufmunternden Lächeln. Dabei denke ich mir, wie ungewöhnlich es doch ist, einem so sensiblen und aufmerksamen Arzt zu begegnen. Nach einer kurzen Verabschiedung betrete ich ein wenig unsicher den dämmrigen Raum. Das Licht möchte ich nicht anmachen, auch wenn Daniel sich wahrscheinlich nicht daran stören würde.

Dr. Springer hatte mich gewarnt, doch als ich den kleinen Kerl nun hier liegen sehe, fällt mir sein Anblick nicht leicht. Das Blut ist zwar mittlerweile aus seinem Gesicht gewischt, aber seine Haut ist aufgeplatzt und an einigen Stellen hat er starke Schwellungen. Sein Kopf ist größtenteils von einem Verband verdeckt.

Ich schaue ihn an und sofort schießen mir tausend Gedanken über sein Leben wie kleine Blitze durch den Kopf. Aber das alles sind natürlich nur Mutmaßungen. Ich will mehr über ihn wissen. Wer ist er? Was macht ihn aus? Wie empfindet er? Ich habe keine Ahnung, woher dieser Drang kommt. Aber ich fühle mich für ihn verantwortlich. Ich will ihm helfen. Aber wie? Wie soll ich jemandem helfen, den ich nicht kenne? Ich stehe plötzlich vor einer Mauer. Ich kann sie nicht überwinden. Mir fehlt die Kraft. Ich will in seine Seele blicken, doch vermag es nicht.

Ich setze mich an sein Bett und habe das Gefühl, optimistisch sein zu müssen – und stark. Für ihn! Für Daniel! Und auch für mich. Nicht schon wieder dem Schmerz und der Unsicherheit nachgeben, sondern kämpfen.

Mein Blick fällt auf seine Schultasche, die ich immer noch festhalte. Er hat sie gehütet wie einen Schatz. Jetzt liegt er in meinen Händen. Vielleicht erfahre ich ja mehr, wenn ich einen kleinen Blick hinein werfe. Dass das nicht richtig ist, weiß ich, doch wächst mein Interesse an diesem kleinen Menschen immer mehr. Oder ist es nur pure Neugierde? Auf alle Fälle ertappe ich meine Hände dabei, wie sie nun den Reißverschluss öffnen. Ich blicke in eine penibel geordnete Schultasche. Kurz riskiere ich einen scheuen Blick auf das Bett. Seine Augen sind noch immer fest geschlossen. Auch wenn es so aussieht, es ist kein normaler Schlaf. Und doch kann es sein, dass er meine Anwesenheit spüren kann. Ich wünsche es mir und fühle mich zugleich beobachtet.

Ich wende meinen Blick wieder der Tasche zu. Das erste, was ich hervorziehe, ist ein Heft mit der Aufschrift ›Mathematik – Klasse 7b‹. Als ich es aufschlage, finde das reinste Zahlenchaos vor. Ach, hier habe ich auch gleich seine Schwäche entdeckt! Unsauber geschriebene Aufgaben und sehr viele, rot markierte Korrekturen der Lehrkraft. Nun bin ich ein wenig beruhigt. Ich habe ja schon gedacht, dass ich es mit einem Wunderknaben zu tun habe. Zumindest was die Mathematik betrifft, scheint er kein Überflieger zu sein. Ein kleiner Schwall von Übermut überrollt mich. Denn sofort sehe ich wieder eine Aufgabe für mich. »Ich kann dir Nachhilfe geben, wenn du wieder fit bist! Ich werde auch ganz verständnisvoll und einfühlsam sein! Denn ich weiß, wie es ist, wenn man das Zahlenwirrwarr nicht versteht und als dumm abgestempelt wird. Das hab ich selber schon mitgemacht. Aber zusammen können wir uns da sicher durchkämpfen. Wahrscheinlich sind wir uns sehr ähnlich und deine Stärke liegt auch eher im sprachlichen Bereich!« Meine Vermutung war völlig aus der Luft gegriffen. Und doch spüre ich, dass ich Recht behalten werde.

Ich streiche ihm sanft über den Kopf und berühre behutsam seine Wange. Da! War das nicht ein Zucken um seine Augen? Ich warte angespannt auf ein Zeichen. Nach einigen Minuten wird mir klar, dass es wohl nur ein Reflex war.

Um nach weiteren ›Beweisen‹ für meine Vermutungen zu suchen, wende ich mich wieder dem Inhalt der Schultasche zu. ›Deutsch – Aufsatz‹ ist auf dem nächsten Heft zu lesen.

Ich erinnere mich noch an meine Schulzeit. Aufsätze zu schreiben war meine Lieblingsaufgabe. Dabei konnte man in eine Welt abtauchen, die kein Mensch zuvor betreten hatte. Der Geist war frei und konnte überall hin – egal, wo man sich auch wünschte zu sein. Und für alles konnte selber eine Lösung geschaffen werden.

Ich blättere vorsichtig die einzelnen Seiten um und meine Aufmerksamkeit fällt sofort auf eine Überschrift: ›Vogelfrei‹. Schon bei dem Titel muss ich kurz schlucken. Denn ich erinnere mich, als ich nach der ersten Nacht bei Hannes am Fenster stand, wie ich Vögel beobachtet habe, die unbekümmert durchs Leben flogen. Kann das sein, dass unsere Leben so sehr miteinander verbunden sind? Gespannt beginne ich zu lesen:

Heute sollen wir einen Aufsatz über ein Thema schreiben, das uns wichtig ist. Mir ist ›Freiheit‹ sehr wichtig. Weil es wichtig ist, um glücklich sein zu können. Also ich glaube, mir ist das wichtig.

An dieser Stelle hatte die Lehrkraft die Wiederholung des Wortes ›wichtig‹ entdeckt, aber ich lese unbeirrt weiter:

Freiheit bedeutet für mich, mir keine Gedanken machen zu müssen, was ich anhabe. Mich nicht für gute oder schlechte Noten rechtfertigen zu müssen. Außerdem heißt es, sich gegenseitig zu respektieren. Und den Mitmenschen zu helfen. Wir alle müssen lernen, zu unserer eigenen Meinung zu stehen. Und diese auch vor einem großen Publikum zu vertreten. Kein Mensch kann sein Ziel bestimmen. Aber dafür die Wege, die wir einschlagen. Ob wir uns einfach zu anderen ins Auto setzen oder zu Fuß gehen. Auch ob wir zwischendurch anhalten, um anderen bei einer Autopanne zu helfen. Das verzögert vielleicht die Ankunft an unserem Ziel, aber ich glaube, es ist ein schönes Gefühl, anderen Menschen zu helfen. Wenn ich groß bin, möchte ich Polizist werden oder Sanitäter. Auf jeden Fall will ich nicht in einem Büro sitzen und unnötige Zettel ausfüllen. Vielleicht aber werde ich auch Schauspieler und ganz berühmt. Und – ich will Pudding! Ich will jeden Tag Schokopudding mit Mandeln. Aber die Mandeln müssen angeröstet sein. Und der Pudding muss noch ganze Schokostückchen drinnen haben.

Meine mittlerweile feuchten Augen beginnen zu funkeln. Was für ein tolles Kind! Und der Abschnitt mit dem Pudding entlockt mir sogar ein Lächeln. Ich bin zutiefst beeindruckt. Zwischen den Zeilen kann ich heraus lesen, was für ein Mensch er ist: sensibel, aber doch mit einem unheimlich starken Charakter und voller Selbstbewusstsein. Das hätte ich niemals hinter diesem kleinen, so unscheinbar wirkenden Menschen vermutet. Woher nimmt er nur diese Lebensweisheit?

Ich lege das Heft zur Seite und blicke Daniel ins Gesicht: »Weißt du eigentlich, dass wir uns sehr ähnlich sind? Das ist es wohl, was uns verbindet. Du wirst einmal allen zeigen, wie viel in dir steckt. Und dabei dem Rest der Welt beweisen, dass man Erfolg auch mit Menschlichkeit und Humor erreichen kann. Und du kriegst deinen Schokopudding! Mit angerösteten Mandeln und ganzen Schokoladenstückchen. Ich werde dich nicht alleine lassen. Versprochen.«

Eines ist für mich klar: Daniel wird nicht noch einmal verlassen werden. Zumindest nicht von mir. Denn ich werde bei ihm bleiben. Vielleicht muss ich einem Menschen helfen, um auch mir selber zu helfen. Ich habe nach einer Aufgabe gesucht. Nach einem Ziel. Jetzt habe ich es gefunden. Dieser kleine Mensch trägt eine unglaubliche Kraft in sich. Und ich bin überzeugt, dass er damit noch viele begeistern kann.

Doch zugleich habe ich Angst, dass es dafür zu spät sein könnte. Unsicher wende ich mich zu ihm: »Junge, du kannst jetzt nicht aufgeben. Hörst du? Du hast noch so viel vor dir. Wenn du erwachsen bist, wird dich keiner mehr hänseln. Du wirst eine eigene Familie haben. Bitte – Daniel! Bitte kämpfe. Kämpfe!« Meine Augen füllen sich mit Tränen der Hilflosigkeit und Verzweiflung. Ich komme mir plötzlich dermaßen bescheuert vor. Mir scheint, als projiziere ich meine eigenen Träume und Wünsche gerade auf diesen Jungen. Das wiederholte Zucken in seinem Gesicht nehme ich nur schemenhaft wahr. Viel zu verschwommen ist mein Sichtfeld. Ich war so überzeugt von meinem Vorhaben, ihm zu helfen. Doch fühle ich mich zugleich so hilflos, dass ich in diesem Moment nichts für ihn tun kann. Ich nehme ein leichtes Zucken seiner Lippen wahr. Dann öffnet er sogar kurz den Mund. Schließt ihn aber sofort wieder. Völlig gefesselt starre ich auf sein Gesicht, damit mir auch ja nichts entgeht. Dabei versuche ich weitere Tränen zu unterdrücken, um wieder klarer sehen zu können. Da, urplötzlich sehe ich, wie sich seine Augenlider ganz zaghaft heben. Das bilde ich mir doch nicht schon wieder ein! Nein, dieses Mal nicht. Es ist unglaublich. Er ist da! Er ist wieder da!

Ich lache und weine zugleich. Diesmal vor Rührung: »Jetzt wird alles gut!«, höre ich mich mit tränenerstickter Stimme sagen. Doch Daniel sieht mit leeren Augen an mir vorbei. Ich sollte mir vorkommen wie eine Verrückte. Diesen Jungen habe ich heute zum ersten Mal getroffen, wir haben noch nicht mal ein Wort miteinander gewechselt. Und nun sitze ich an seinem Bett und heule mir die Augen aus dem Kopf. Was soll er bloß von mir halten? Wahrscheinlich schreit er gleich nach einer Krankenschwester. Aber er verhält sich ruhig und versucht noch einmal langsam seine Lippen zu öffnen. Mir scheint es, als wolle er mir etwas mitteilen. Doch es kommen keine Worte aus seinem Mund. Vermutlich ist er einfach noch zu schwach. Die Hauptsache ist, dass er wieder da ist. Es geht ihm besser. Ich bin optimistisch, auch wenn seine Augen nun wieder zufallen. Für mich war das ein Zeichen dafür, dass alles wieder gut wird.

Ich greife noch nach seiner Hand und bilde mir ein, dass ich einen ganz leichten Druck wahrnehme. Ich fühle mich euphorisch, bestärkt und ermutigt. Und zugleich unendlich erschöpft …

Ich muss eingeschlafen sein, denn als ich die Augen öffne, ist es schon hell. Die Sonne scheint durch das Fenster und ich weiß nicht, ob alles wieder nur ein Traum war. Ich schaue auf das Bett. Da liegt er, genau wie am Abend zuvor. Mit fest geschlossenen Augen und zeigt keinerlei Reaktion. Ich seufze tief und stelle dabei fest, wie ausgetrocknet meine Kehle ist. Ich haste den Gang hinab bis zur nächsten Toilette, um etwas gegen meinen Durst zu unternehmen und dann schnell zu Daniel zurückkehren zu können. Rasch trinke ich ein paar Schlucke und erschrecke, als ich mein Gesicht im Spiegel erblicke. Ein großer Blutstriemen ziert meine Stirn. Da ich selbst nicht verletzt bin, muss es das Blut des Jungen sein. Wahrscheinlich habe ich mir ins Gesicht gelangt, als ich ihm geholfen hatte. Mir wird übel. Rasch wasche ich mir das verkrustete Blut aus dem Gesicht und mache mich schnell zurück auf den Weg ins Krankenzimmer.

Als ich ankomme, ist bereits Schwester Brigitte bei Daniel, um nach ihm zu sehen. Sie stellt sich kurz vor, als ich durch die Türe trete und stellt mir dann zwei durchaus besorgt klingende Fragen: »Geht es Ihnen gut? Haben Sie überhaupt geschlafen?«

»Mir geht's gut«, erwidere ich knapp. »Wissen Sie, dass Daniel gestern Nacht kurz die Augen geöffnet hat? Er hat mich angesehen und meine Hand gedrückt! Ich glaube, er hat sogar kurz gelächelt!«

Mit besorgtem Blick umfasst Schwester Brigitte meine Schultern: »Ja, das ist typisch für Komapatienten. Das Zucken meine ich. Und bei dem ganzen Stress hat man manchmal sogar den Eindruck, sie würden einen anlächeln. Aber das ist leider normal. Der Junge ist immer noch nicht wieder bei uns. Er schläft tief und fest, sehen Sie.«

So eine Unverschämtheit! Sie stellt mich hin, als wäre ich verwirrt, als würde ich mir Sachen einbilden, und wahrscheinlich halten mich hier schon alle für völlig durchgeknallt. Wortlos kopfschüttelnd drehe ich mich einfach um und laufe den Krankenhausflur entlang bis zum Empfang. Wohin ich eigentlich wollte, weiß ich selber nicht. Aber ich musste raus aus dem Zimmer. Denn ich konnte diese negativen Worte nicht weiter mit anhören. Ich weiß ganz genau, was sich gestern Abend abgespielt hat und auch, dass ich mir das nicht einfach nur eingebildet habe. Das Schulheft mit dem Aufsatz sehe ich als Beweis dafür. Doch da mich meine Hirngespinste in der Vergangenheit schon so manches Mal ausgetrickst hatten, verspürte ich den starken Drang, doch lieber noch einmal nachzusehen, um mich der Existenz des Heftes zu versichern. Dabei bleibe ich an einem kleinen Kiosk stehen, der meine Aufmerksamkeit durch den Geruch von frisch aufgebackenen Brötchen auf sich gezogen hat.

Ich verspüre urplötzlich eine wahnsinnige Leere in der Magengegend. Diesmal liegt das nicht an meinem Gefühlszustand, sondern an der Tatsache, dass ich ewig nichts gegessen habe. Zuerst blättere ich aber noch kurz in dem Ausatzheft. Die Textstellen waren noch da und genau an den Stellen, die ich erinnere. Das lässt mich neue Hoffnung schöpfen und dient für mich zugleich als Beweis, dass ich mir den Rest auch nicht eingebildet habe. Ein wenig beruhigter krame ich nun nach Kleingeld in meiner eigenen Tasche, um mir im Kiosk ein belegtes Baguettebrötchen mit Schinken und Käse zu kaufen. Bereits während des Herausgehens packe ich hastig diese lukullische Mahlzeit aus und beginne es schon vor der Tür zu verschlingen. Selten hat mir etwas derartig gut geschmeckt.

Als der erste große Hunger gestillt ist, fällt mein Blick auf die Tageszeitung in der verglasten Front. Der Titel stößt mir wie ein Messer ins Auge: »Schwester rettet Bruder bei einer brutalen Schlägerei das Leben! Doch sie muss weiter um sein Leben bangen ...«

Darunter prangt ein großes Foto von mir. Die blutverschmierte Stirn, mein unheimlich gequälter und verzerrter Gesichtsausdruck – mir wird übel. Ich lasse den Rest vom Baguette fallen und renne den Gang hinab. Panisch stürze ich mich über den nächsten Mülleimer und kotze die gerade investierten 2,80 Euro aus.

Luft! Ich brauche Luft. Ich muss hier raus. Also laufe ich zurück, raus in den Vorgarten des Krankenhauses. Ich laufe eine Weile, bis keine Menschen mehr zu sehen sind und setze mich dann auf eine Bank.

Immer wieder habe ich das Bild und die Schlagzeile im Kopf. Es erscheint mir wie eingebrannt. Und ich hasse mich für diese Lüge. Und dafür, dass ich zugelassen habe, dass meine Hilfe so pervertiert in die Öffentlichkeit gezehrt wird. Ich will doch nicht als Heldin da stehen! Natürlich stimmt das, was da steht – mal abgesehen von den verwandtschaftlichen Verhältnissen –, aber so sollte es nicht dargestellt werden.

Mal wieder bin ich an einem Punkt angelangt, an dem ich nicht weiß, was ich als nächstes zu tun habe. Gedankenverloren greife ich in meine Jackentasche, um nach einem Taschentuch zu suchen. Dabei fühle ein Stück Papier und ziehe es heraus. Es ist die Visitenkarte des Polizisten.

Eigentlich habe ich wenig Lust, die Geschehnisse noch einmal Revue passieren zu lassen. Aber ich will Gerechtigkeit.

Den Tätern, auch wenn es noch Kinder sind – oder vielleicht sogar gerade deshalb –, muss vor Augen geführt werden, was sie getan haben.

Ich fühle mich in der Verantwortung, ihnen ihr Vergehen bewusst zu machen, ich fühle mich in der Pflicht, sie davon abzuhalten, jemals wieder so etwas zu tun. Ich will ihnen von Daniel erzählen, wer er ist, was ihn so besonders macht. Und wie eingeschränkt ihr Sichtfeld ist, weil sie das selber nicht gemerkt haben. Also erhebe ich mich, gehe zur Bushaltestelle und sehe dort auf dem Plan nach, wie ich am schnellsten zum Präsidium komme.

Während der Fahrt ist mein Kopf leer. Entsprechend apathisch sitze ich nun auf meinem Platz und vernehme nur die elektronische Stimme im Hintergrund, die in regelmäßigen Abständen die Haltestellen durchsagt.

Endlos lang kommt es mir vor, bis ich endlich mein Ziel erreiche. Ich betrete das Gebäude und gehe durch eine helle Holztür. Am Empfang sitzt eine junge Polizistin, die mich freundlich begrüßt. Ich schildere kurz die Situation. Danach führt sie mich auch schon in ein Büro. Dort sitzen die beiden ›Grünen‹ von gestern und scheinen erleichtert, als sie mich sehen: »Schön, dass Sie gekommen sind. Ich hoffe, Ihnen und dem Jungen geht es heute besser?«

Der andere faltet hastig eine Zeitung zusammen, ich erkenne nur schemenhaft das Gesicht mit den roten Blutflecken.

Ich seufze leise auf und lasse mich unaufgefordert auf einen leeren Stuhl fallen: »Bitte, fangen wir an. Ich möchte einfach nur schnell meine Aussage machen. Am wichtigsten ist mir, dass die Täter wissen, was sie da getan haben und vor allem, WEM sie das angetan haben. Außerdem muss ich zurück zu Daniel!« Meine Stimme hört sich zwar gefasst, aber so unendlich müde und deprimiert an, dass ich zum einen selbst erschrecke, zum anderen scheinbar so viel Kraftlosigkeit ausstrahle, dass sie mir etwas zu essen und trinken anbieten.

So verdammt scheiße habe ich mich schon lange nicht mehr gefühlt. Und so wie ich mich fühle, sehe ich vermutlich auch aus: ausgelaugt, verheult, ausgekotzt – einfach nur mitleiderregend. Aber ich will kein Mitleid. Ich will Gerechtigkeit.

Vor mir wird eine Brezel und ein Glas Orangensaft auf den Tisch gestellt. Das Salz vom Laugengebäck brennt zwar leicht in meiner Kehle, aber der Saft spült den säuerlichen Geschmack meiner Magensäure hinunter. Ich fühle mich etwas besser, setze mich aufrecht hin und kann nun pflichtbewusst alle Fragen beantworten.

Meine Täterbeschreibung ist überraschend präzise, damit wird es hoffentlich leichter, sie ausfindig zu machen. Aber das reicht mir nicht: »Wenn Sie sie gefasst haben, kann ich dann mit ihnen sprechen? Bitte!«

»Selbstverständlich«, lautet die Antwort und ich kann mich wieder mehr oder weniger beruhigt auf den Weg ins Krankenhaus machen.

Eigentlich sollte ich ein wenig erleichtert sein, doch mit einem Male befällt mich eine große Unruhe, die wie eine allergische Reaktion von einem auf den nächsten Moment immer weiter anschwillt. Zudem macht sich eine unbeschreibliche Nervosität in mir breit. Hat das mit Daniel zu tun? Ich spüre, dass etwas nicht stimmt. Mir ist nicht ganz klar, wo das auf einmal herkommt, doch in mir erwacht diese unbestimmte Gewissheit, dass ich nie richtig mit ihm sprechen werde. Woher dieses Gefühl schon wieder so plötzlich kommt, ist mir selber schleierhaft. Aber ich kann es nicht von mir abschütteln. Im Gegenteil. Es wird stärker mit jeder Sekunde.

Ich beginne zu laufen – und dann renne ich. Der Bus ist mir zu langsam. Deshalb winke ich ein Taxi heran. Einen klaren Gedanken zu fassen, ist mir in dieser Situation unmöglich. Ich kann nur noch handeln. Am Krankenhaus angekommen, verlasse ich fluchtartig das Taxi.

»Hey, Sie müssen noch bezahlen!«, ruft mir der Fahrer hinterher, doch ich nehme es schon nicht mehr wahr. Viel zu sehr fühle ich mich wieder getrieben. Diesmal nicht weg sondern hin zu jemandem. Zu einem ganz besonderen Menschen. Zu Daniel.

Ich renne durch den Gang, hin zu Daniels Zimmer. Und da liegt er auch noch, ganz ruhig in seinem Bett. Meine Befürchtungen, dass das Zimmer vielleicht leer sein könnte oder sich gerade besorgte Ärzte um ihn tummeln, sind unbegründet. Aber dieses seltsame Gefühl ist noch immer da. Mein Herz pocht wie verrückt bis zum Hals, der schon wieder völlig ausgetrocknet ist. Ich setze mich an sein Bett und versuche Kontakt mit ihm aufzunehmen: »Daniel, wie geht es dir? Du, die glauben mir hier nicht, dass du kurz wach warst. Aber ich weiß es. Ich weiß, du kannst mich hören. Und du wiederum weißt, dass ich dich verstehe. Ich war auch mal ein Kind, das gehänselt wurde. Weißt du, dieser Schmerz, den wir empfinden, der macht uns stark fürs Leben! Er lässt uns wachsen und reifen.

Du bist jetzt schon so viel reifer als manch ein Erwachsener. Ich wünschte, du hättest eine schöne Kindheit gehabt bisher, aber du musstest schon so viel durchstehen. Aber es hat dich nicht kaputt gemacht. All dieser Schmerz, der Verlust und die Ablehnung können dir ein Ziel geben. Wünsche. Träume. Du kannst und du wirst all dem entfliehen. Du wirst einmal sehr viel erreichen können, du musst es nur wollen. Nicht nur für dich, auch für deine Mitmenschen. Und irgendwann auch einmal für deine Familie.«

Ich halte inne, als ich wieder dieses leichte Zucken in seinem Gesicht wahrnehme. Ich lächle. Er soll schließlich nicht erschrecken, falls er die Augen öffnet. Ich halte Daniels Hand. Sie ist kälter als meine. Was mich kurz wundert, denn normalerweise sind meine eiskalt. Ich hoffe so sehr, dass ich den leichten Druck spüre, wie gestern Nacht, doch nichts passiert.

Nach einer Weile gebe ich es auch auf und frage mich stattdessen, was ich als nächstes tun kann. Ich bin gerade ein wenig planlos. Alles, was ich will, ist mit dem Jungen zu reden, mehr über ihn zu erfahren. Aber ich kann nichts erzwingen. *Gras wächst auch nicht schneller, wenn man daran zieht!*, denke ich so vor mich hin. Kurzum beschließe ich, ins Heim zu fahren. Ich hoffe so sehr, dort auf Menschen zu treffen, die ihm Freunde und Vertraute sind. Vielleicht können sie mir mehr über ihn erzählen. Seine Schultasche nehme ich mit, denn ich sollte nicht riskieren, dass sie in falsche Hände gerät. Daniel ist sie ja sehr wichtig gewesen.

Wieder gehe ich zur Bushaltestelle und springe einfach in den nächsten Bus und frage den Fahrer nach einem Kinderheim hier in der Nähe.

»Ach herrje!« antwortet er, »da sind Sie bei mir genau richtig. Sie müssen bei der Haltestelle ›Heiliger Hort‹ aussteigen. Eigentlich müsste er ›Scheinheiliger Hort‹ heißen. Also was da mit den Kindern passiert … ich hab schon so einige Geschichten gehört.«

Er lächelt zynisch und weckt meine Neugierde: »Wieso? Was genau passiert denn dort?«

Er mustert mich: »Sind Sie von der Polizei, oder wie? Na, ich weiß auch nicht, hab nur Gerüchte gehört! Aber ich sag nix!«

So ein Arschloch. Wenn's ernst wird, immer schön die Fresse halten. Wie satt ich das habe. Ich werde mir das Heim selbst anschauen. Danach weiß ich mehr.

Gedankenversunken schaue ich aus dem Fenster und spiele an den Schnallen der Tasche herum. Dabei entdecke ich einen kleinen Reißverschluss an der Seite. Wie selbstverständlich öffne ich ihn und fische ein kleines Büchlein heraus. Es ist schmal und hat einen dünnen Einband aus Leder. Es sieht sehr alt aus, beinahe antik. Ich muss es einfach öffnen.

Gleich in die erste Seite ist ein Foto geklemmt. Ein Mann und eine Frau lachen mir entgegen. Sie halten sich eng umschlungen, strahlen Liebe und Verbundenheit aus. Instinktiv weiß ich: Das müssen Daniels Eltern sein. Ein sehr hübsches und sympathisches Paar. Ich muss schlucken, denn mein Gewissen rührt sich wieder. Ist es richtig, ungefragt in sein Leben einzudringen? Dieses Büchlein hat er mit Sicherheit wie seinen Augapfel gehütet. Jetzt ist mir klar, warum er sich so sehr an seine Tasche geklammert hat. Aber warum hatte er es überhaupt dabei? Vielleicht wollte er es ja immer bei sich haben. Egal. Ich blättere eine Seite weiter, welche bereits beschrieben ist. Ich kann einfach nicht anders und beginne zu lesen.

Liebe Mama, lieber Papa,
wenn ihr nur hier sein könntet! Ich hasse dieses Heim, die Lehrer und vor allem meine Heimleiterin. Die ganze Zeit werde ich nur beschimpft. Ich vermisse euch so unendlich und will nur noch bei euch sein. Aber ich verspreche euch, es dauert nicht mehr lange, dann bin ich bei euch! Für immer! Für immer sind wir dann zusammen …
… Gibt's bei euch Pudding? …

Die Zeilen dazwischen sind ein wenig verwischt. Es sieht aus, als wären Tränen aufs Papier getropft. Die Worte erschrecken mich. Es klingt beinahe so, als ob … Er will seinem Leben doch kein Ende setzen? Nein, das kann ich mir nicht vorstellen. Diesen Gedanken schiebe ich sofort beiseite. Er ist doch noch ein Kind – und er ist stark. Er kämpft und er wird weiterkämpfen. Genau! Schnell klappe ich das Heftchen zu.

Ich rede mir ein, dass ich ihn kenne, dass ich ihn besser einschätzen kann, als die Worte mir vorgaukeln wollen. Ich will zwar nicht noch mehr Dinge lesen, die mein Bild von ihm zerstören könnten. Aber was er über das Heim und seine Leiterin geschrieben hat, ist überaus interessant. Nichts ist erbärmlicher, als ein paar unschuldige kleine Seelen zu quälen. Denn sie haben niemanden, der seine Stimme für sie erheben könnte. Doch! Mich! Und da ist es wieder – mein Ziel! ›Mach dich für andere stark! Betrachte nicht immer nur dein eigenes Spiegelbild.‹

Ich bin so in Gedanken, dass ich fast meine Haltestelle verpasse, aber da ruft mir der Busfahrer ein freudiges »Aussteigen, junge Dame!« zu.

Ich hüpfe hinaus und stehe auch schon vor einem riesengroßen Eisentor. Das musste es sein. Ich halte kurz inne. Es waren keinerlei Geräusche zu vernehmen. Seltsame Stille herrschte. Ich wundere mich darüber. Denn ich vermutete doch ein paar lachende Kinder.

Ohne weiter nachzudenken, drücke ich die kalte Klingel und warte. Es dauert ein wenig, bis eine schrille Stimme an der Gegensprechanlage erklingt: »Ja bitte?«

»Ich bin die Schwester eines Ihrer Kinder hier. Ich habe ein paar Fragen. Lassen Sie mich bitte herein!« Absichtlich formuliere ich mein Anliegen nicht als Bitte, sondern als Aufforderung. Und es zeigt Wirkung: Ich werde hineingelassen und folge dem gepflasterten Weg bis zur Eingangstür. Da kommt mir auch schon die Heimleiterin persönlich entgegen. Sie wirkt ein wenig aufgebracht und scheint mich sofort zu erkennen: »Sagen Sie, was bilden Sie sich ein? Sie sind seine Schwester? Das habe ich heute aus der Zeitung erfahren. Wieso treten Sie das alles so breit? Hat der Junge nicht schon genug durchmachen müssen?«

Dieser plötzliche Anflug von Menschlichkeit lässt mich misstrauisch werden.

Daher erwidere ich herablassend: »Oh ja! Er hat schon genug durchmachen müssen! Und deshalb möchte ich mir gerne selber ein Bild von dem ›Zuhause‹ meines Bruders verschaffen.«

»Das geht nur mit Termin. Wir können nicht irgendwelche

Fremden einfach so hier herumspazieren lassen. Da könnte ja jeder kommen. Wir sind doch kein Museum!«

Ich hätte ihr zu gerne einmal ordentlich die Meinung gegeigt und ihr erzählt, was Daniel so über das Heim geschrieben hat. Aber um mir ein objektives Bild verschaffen zu können, darf ich ihr Misstrauen nicht erregen. Wenn sie denkt, ich will ihr ans Bein pissen, ist sie nur vorgewarnt und spielt mir heile Welt vor, und damit erreiche ich gar nichts. Außerdem will ich mich nicht zu weit aus dem Fenster lehnen. Ich sollte erst einmal überprüfen, was an den Geschichten dran ist. Daher drehe ich mich einfach um und verlasse wortlos das Gelände. Ein paar Meter gehe ich noch weiter, dann hole ich wieder das kleine Heft aus der Tasche. Denn hier liegen mit Sicherheit noch mehr Indizien versteckt. Ich hatte keine andere Wahl. Anders konnte ich anscheinend nicht an brauchbare Informationen gelangen. Und es war schließlich für Daniel. Und nicht nur für ihn. Ich blättere eine Seite weiter und lese folgende Passage:

Ich war mal wieder schlecht in Mathe. Ich versteh das einfach nicht! Wozu brauch ich das überhaupt? Auf jeden Fall hat mich Frau Breitenbach zu sich ins Büro geholt. Und sie hat mir gesagt, dass ich ein böser Junge sei und sie mich bestrafen muss. Aber ich mach das doch nicht mit Absicht. …

Aha! Jetzt wird mir einiges klar. Sie erniedrigt die Kinder also nicht nur mit ihrer charakterlosen, kalten Art. Sondern fügt ihnen auch noch körperliche Schmerzen zu. Als hätte der kleine Kerl nicht schon genug durchgemacht. Da fallen mir wieder die ›alten‹ blauen Flecken ein, die der Arzt erwähnte. Vielleicht sind die auch von dieser Breitenbach. Am liebsten hätte ich in diesem Büchlein schöne Geschichten gelesen, von einem fröhlichen, unbeschwerten Kinderherz. Aber nun weiß ich auch, woher seine ungewöhnliche Reife kommt. Bedingt durch die Summe an negativen Erfahrungen hatte er bereits eine Entwicklung durchgemacht, die so mancher Erwachsene wohl niemals vollziehen wird. Ich lese weiter. Denn jetzt muss ich alles wissen.

Dann kam sie mit einem Stock auf mich zu. Sie schlug mich damit. Es tat so weh. Und ich darf niemandem davon erzählen. Sonst kommt ihr in die Hölle. Das hat sie gesagt. Mama, Papa … Stimmt das wirklich??? Und wieso tut sie das??? Ich hab doch gar nichts getan, oder? Was hab ich getan, dass mich keiner leiden kann?

Ich verberge mein Gesicht hinter der linken Hand. Ich habe genug gelesen. »Polizei!«, sage ich laut. Dann schnappe ich mir das nächste Taxi. Ich lasse mich zum Präsidium fahren. Denn es scheint mir, als wäre ich nicht die erste, die der Sache auf den Grund gegangen ist. Wahrscheinlich bin ich nur die erste, die endlich den Mund aufmacht und nicht schweigt. Egal ob aus Scham oder Feigheit. Wieder einmal war ich überzeugt von meinen Mutmaßungen. Denn schon die Aussage des Busfahrers hatte mir ein erstes Indiz dafür gegeben, dass ich Recht hatte. Und jetzt wurde mir zugleich klar, warum Daniel in dem Aufsatz von ›Gerechtigkeit‹ und ›Freiheit‹ geschrieben hat. Weil es für ihn nur ein weit entfernter Traum war.

Diese Gedanken schießen mir auf einmal durch den Kopf und plötzlich sehe ich alles glasklar. Und ich werde nicht schweigen. Zugleich wünsche ich mir, dass die Angelegenheit diskret behandelt wird. Deshalb möchte ich nur mit den beiden mir bekannten Polizisten sprechen. Weil ich ihnen mittlerweile vertraue und sie die Anfangsgeschichte dazu bereits kennen.

Beinahe stürme ich in das Gebäude und verlange nach ›Siggi‹ und seinem Kollegen. Ich ernte zwar erst einmal einen leicht irritierten Blick und habe wieder einmal das Gefühl, nicht ganz für voll genommen zu werden. Aber das passiert mir in letzter Zeit ja öfter. Ich vermute, dass es mitunter an meiner direkten, unbekümmerten Art liegt, mit der ich gleich zum Punkt komme, ohne vorher nachzudenken. Als ich den perplexen Blick bemerke, füge ich noch hinzu, dass ich heute schon einmal hier war. Der junge Polizist kombiniert daraufhin: »Ach ja, stimmt. Wir hatten uns heute Vormittag schon gesehen. Ist Ihnen noch etwas eingefallen zu der Tat? Dann setzen Sie sich doch bitte. Die beiden müssten bald wieder da sein«

Eine halbe Stunde später rutsche ich noch immer hibbelig auf meinem Stuhl hin und her. Ich versuche zwar ruhig zu bleiben und mich zu beherrschen, aber ich muss endlich mit jemandem darüber sprechen. Mit jemandem, dem ich vertraue und der in der Lage ist, dem Ganzen ein Ende zu bereiten.

Gewohnt cool spazieren die Herren dann auch schon ein paar Minuten später durch die Türe.

Wenn die beiden auf der Titanic gewesen wären, hätten sie mit Sicherheit bis zum Untergang Skat gespielt. Sie strahlen einfach eine unermüdliche Ruhe aus, die ihnen in ihrem Beruf mit Sicherheit auch dienlich ist. Ganz anders als bei mir. Ich hatte das Gefühl gleich zu platzen, wenn ich nicht sofort mit ihnen sprechen konnte.

Es scheint mir, als wären sie über meinen Besuch auch bereits informiert worden. Denn als sie mich erblicken, gestikulierten sie mich gleich mit einer kurzen und freundlichen Handbewegung Richtung Büro. Auch wenn sie es anbieten, kann ich mich nicht setzen. Die Wartezeit war schon zu viel für mich. Ich will das hier so schnell wie möglich hinter mich bringen.

Geheimnisvoll krame ich nach dem Büchlein und bitte nachdrücklich um höchste Diskretion.

Ein energisches Nicken lässt mich fortfahren. Ich schlage das Heftchen auf und deute wortlos auf die bewusste Stelle. Siggi liest. Nach einer Weile legt er das Notizbuch zur Seite und versucht die eingetretene Stille irgendwie mit Worten zu füllen: »Sie haben das Heft in seinem Schulranzen gefunden? Richtig?«

»Ja!«

Er atmet tief ein: »Dann werden wir der Sache mal so schnell wie möglich auf den Grund gehen! Das darf nicht sein, schon gar nicht hier bei uns. Das Heim genießt eigentlich einen guten Ruf. Streng, aber gut! Zumindest ist mir bisher nichts anderes zu Ohren gekommen. Aber wir werden das einmal genau unter die Lupe nehmen, darauf können Sie sich verlassen. Vielen Dank für die Mithilfe und Sie sollten jetzt besser erst einmal nach Hause gehen. Das Heft bleibt hier – als Beweisstück! Wie erreiche ich Sie, wenn ich noch Fragen habe?«

Es ist mir zwar nicht recht, dass ein Fremder zu den tiefsten Gedanken von Daniel Zugang hat, aber es ist für ihn und alle anderen Kinder das Beste.

»Sie können mich im Krankenhaus erreichen. Ich bin bei Daniel!«

»Telefonnummer?«

»Tut mir leid. Ich habe kein Telefon.«

Ein kurzer irritierter Blick – dann darf ich gehen. Bevor ich aus der Tür trete, sagt er noch: »Ach ja, wir haben die Bürschchen gefasst, die Daniel so zugerichtet haben. Sie haben gestanden. Zeigen auch Reue. Wollen ihn sogar im Krankenhaus besuchen. Na mal sehen. Ich wollte nur, dass Sie informiert sind!« Er zwinkert mir aufmunternd zu. Ich kann mich in diesem Moment allerdings weder freuen noch Hoffnung schöpfen.

Mit gemischten Gefühlen verlasse ich das Kommissariat und mache mich wieder auf in Richtung Klinik. Ich habe das dringende Bedürfnis, ganz schnell zu Daniel zu kommen, um ihn wissen zu lassen, dass ich Bescheid weiß. Und vor allem, dass nun alles wieder gut werden kann!

Sein Krankenzimmer zu betreten, lässt mich auch diesmal nicht kalt. Aber ich lasse mich nicht irritieren von den ganzen Schläuchen. Ich gehe an sein Bett, nehme seine Hand und beginne ihm alles zu erzählen. »Es wird alles gut«, flüstere ich sanft und lächle, so als könne er mich sehen. Und da passiert das Unglaubliche. Denn genau in dieser Sekunde öffnet er wie selbstverständlich tatsächlich seine Augen. Ich bin wahnsinnig gerührt und überrascht zugleich. Wie beim ersten Mal bewegt er leicht seine Mundwinkel. Es scheint, als wolle er mir etwas sagen. Und dieses Mal gelingt es ihm auch. Ganz leise und mit gebrochener Stimme höre ich ihn sagen: »Ich habe dich gehört! Du hast mit mir gesprochen! Du bist der einzige Mensch seit langem, der für mich da war! Aber wieso ist das alles so selbstverständlich für dich? Du kennst mich doch gar nicht! Also, erst seit ein paar Tagen! Wieso tust du das?«

Er versucht zu schlucken, doch es will ihm nicht so richtig gelingen. Ich bin unsagbar gerührt und perplex zugleich von seinen Worten. Doch ich muss für meine Antwort nicht lange überlegen: »Du bist ein so toller Junge! Ein toller Mensch! Und einzigartig! Für mich bist du einzigartig!«

Daniel lächelt: »Ich habe sie gesehen! Mama und Papa! Sie waren bei mir, als ich geschlafen habe. Und weißt du was? Ich gehe mit ihnen. Sie holen mich ab. Danach sind wir für immer zusammen. Sie freuen sich schon so auf mich! Ich sehe sie kommen! Ich soll dir sagen … sie sind dir sehr dankbar für alles! Auch für …«

Dann hält er inne. »Du warst bei der Polizei? Dann wird also endlich etwas unternommen!«

Er lächelt so zufrieden, dass ich eine Gänsehaut bekomme. »Woher weißt du das, Daniel? Hast du mich verstanden?«

»*Sie*! Sie haben mir das eben erzählt. Und ich – ich soll mich jetzt verabschieden.«

Ich habe keine Kontrolle mehr über meine Tränen. Ich schluchze mit letzter Kraft: »Nein! Du darfst nicht gehen! Bleib hier! Du kannst doch noch so glücklich werden! Es wird alles gut! Ich will dir doch noch einen Schokopudding machen – mit ganzen Schokoladenstücken und gerösteten Mandeln!«

Daniel lächelt mich an. Doch das Funkeln in seinen Augen wird immer schwächer, bis er sie langsam schließt. Noch ein Mal drückt er für einen winzigen Augenblick meine Hand … Ich breche weinend vor dem Bett zusammen. Noch ein letztes Mal glaube ich seine Stimme zu hören: »*Deine* Zeit kommt erst noch! Wenn du das nächste Gedicht liest, weißt du, was du zu tun hast!«

Danach herrscht Stille. Ich vernehme nur noch ein langes Piepsen in meinem Ohr.

Ich liege kraftlos und zusammengesunken am Boden. Danach wird mir schwarz vor Augen.

Als ich aufwache, befinde ich mich selbst in einem Krankenhausbett. Dr. Springer beugt sich über mich und sieht mich fürsorglich an: »Wie geht es Ihnen?«

Tja, wie geht es mir? Ich brauche mich wohl nicht nach Daniel zu erkundigen. Denn ich weiß längst, dass er mich und diese Welt bereits verlassen hat. Aber ich bin mir zugleich sicher, dass es ihm gut geht, dass er nun befreit ist von seinem Schmerz und seinem unendlichen Leid. Ich bin traurig, aber froh, ihn kennen gelernt zu haben. Die geistige Verbindung zu ihm werde ich wohl auch nie verlieren. Dafür sind wir uns einfach zu ähnlich. Und irgendwann sehen wir uns wieder. Davon bin ich überzeugt. Dennoch verspüre ich einen großen Schmerz in mir, der durch den Gedanken neutralisiert wird, dass er jetzt da ist, wo er geliebt wird. Vielleicht hätte er leben können, wenn er gekämpft hätte. Doch dass seine Eltern ihn holten, hat ihn so glücklich gemacht in den letzten Minuten. Manche Schicksale kann man eben nicht ändern, man muss lernen, sie zu akzeptieren. Auch wenn es schmerzt und einem selbst nicht immer recht ist.

Ich spüre meinen Körper und meinen Geist erwachen. Selbst wenn die letzten Tage einfach nur schrecklich waren und an meinen Kräften und Nerven gezehrt haben. Ich fühle, wie sich Erleichterung in mir ausbreitet. Denn ich habe mich in keiner Sekunde beirren lassen. Ich bin meinen Gefühlen und meinem Instinkt gefolgt. Auch wenn diesmal ich die jenige war, die am Ende verlassen wurde. Mein Kampf gegen den Tod von Daniel war umsonst. Ich hätte wissen müssen dass er so enden wird. Aber manche Dinge sieht man erst am Ende klar.

Eigentlich könnte meine Reise hier zu Ende sein. Ich habe so viel gelernt und bin zu der Erkenntnis gekommen, dass ich die meiste Zeit viel zu sehr auf mich und meine banalen Probleme fixiert war. Ich musste lernen, die Augen mehr für Mitmenschen zu öffnen. Denn dann ergeben sich einmalige Begegnungen, die wir sonst niemals gemacht hätten. Doch bevor ich zurückkehren kann, habe ich noch ein paar Dinge zu klären. Erst jetzt merke ich, dass Dr. Springer noch immer an meinem Bett sitzt und mich wie gebannt anblickt. Habe ich ihm das eben alles erzählt?

Ich schaue irritiert zur Seite. Dr. Springer räuspert sich ein wenig verlegen und erhebt sich mit den Worten: »Sie sind eine ganz besondere Frau. Ich hoffe, Sie wissen das. Sie hören noch auf Ihr Herz. Und vor allem verstehen Sie seine Sprache. Es gibt nicht mehr viele Menschen, die so sensibel mit anderen umgehen, auf sie eingehen können und ihnen Kraft und Zuversicht spenden. Sie haben es geschafft, Daniel in der kurzen Zeit besser kennen zu lernen, als dies je ein anderer getan hat. Ich …«, doch weiter kommt er nicht. Er schluckt schwer und reibt sich mit Daumen und Zeigefinger die Augen und holt einmal tief Luft. Merklich ringt er nach Fassung. »Vielen Dank! Vielen Dank, dass Sie da waren! Es ist schön, Menschen wie Sie zu treffen. Auch wenn wir nicht viel miteinander geredet haben. Aber jetzt denken Sie auch einmal an sich! Gehen Sie nach Hause – zu den Menschen, die Sie lieben. Gönnen Sie sich ein wenig Ruhe, um die letzten Tage zu verdauen.«

Es klopft an der Tür. Zögerlich betreten Daniels Peiniger mein Zimmer. Dr. Springer verabschiedet sich mit den Worten: »Sie haben Besuch! Ich werde Sie jetzt alleine lassen. Alles Gute!« Er fasst mir noch einmal an die Schulter und zwinkert mir ein letztes Mal zu. Dann geht er durch die Tür hinaus auf den Gang.

Mir ist klar, dass ich ihn wohl nie wieder sehen werde. Genau wie Daniel. Aber seine Worte hallen nach in meinem Kopf: »Sie sind eine ganz besondere Frau«, sagte er. Ich bin gerührt und fühle mich unendlich leicht. Er kennt mich nicht, doch scheint er mich trotzdem erkannt zu haben, wie ich Daniel. Zu manchen Menschen besteht einfach eine geistige Bindung. Das kann man nicht mit Worten beschreiben. Es ist einfach ein unsichtbares Band.

»Wir … wir … wir möchten uns entschuldigen«, kommt es da aus Richtung der Tür. Ich sehe sie an. Und ich müsste eigentlich wütend sein, Hass fühlen gegenüber den Jungs, die den Tod Daniels zu verschulden haben. Doch das tue ich nicht. Sein Lächeln, kurz bevor er ging, hat alles andere relativiert. Wegschicken, einfach so, kann ich sie aber auch nicht. Sie müssen begreifen, was sie getan haben. Vielleicht haben sie dann noch eine Chance, sich zu ändern. Ich sehe sie an, wie sie da stehen, verängstigt und verzweifelt. Aber irgendwer muss ihnen die Konsequenzen für ihr Handeln vor Augen führen. Mit meiner gewohnt direkten Art beginne ich das Gespräch: »Daniel ist tot! Bei ihm könnt ihr euch nicht mehr entschuldigen. Dafür ist es zu spät. Und wisst ihr was? Es gibt wahrscheinlich sogar nicht einmal viele, die ihn vermissen werden. Er war ein Außenseiter. Und deshalb habt ihr ihn auch verprügelt. Doch ihr solltet euch Gedanken machen, ob das wirklich ein Argument sein kann. Wisst ihr was, eigentlich habt ihr ihm sogar einen Gefallen getan, denn er empfand sein Sterben als Erlösung. So sehr hat man ihn gequält, dass er lieber tot als noch länger hier sein wollte. Könnt ihr euch das vorstellen? Ich denke wohl kaum, denn ihr kanntet ihn eigentlich gar nicht. Ihr habt geurteilt aufgrund von banalen Äußerlichkeiten. Ich werde euch nicht vergeben. Das kann ich nicht. Es gibt keine Rechtfertigung dafür, anderen Schmerzen zuzufügen. In keiner Situation. Wenn es euch ernst ist, dann ändert euch. Helft anderen, statt sie zu verprügeln. Dann bekommt ihr auch den Respekt, den ihr euch eigentlich insgeheim erhofft und die Anerkennung und Aufmerksamkeit, die euch eure Eltern anscheinend nicht geben können. An eins solltet ihr immer denken: Nichts, was in eurem Leben vielleicht schief läuft, ist eine Rechtfertigung für das, was ihr getan habt oder für das was ihr anderen antut. Und man kann nicht jung genug sein, um das zu begreifen. Denkt darüber nach. Und jetzt geht!«

Fast tun mir die Knirpse leid. Stumm stehen sie vor mir. Einer fängt an zu weinen. Ich mag mir nicht ausmalen, wie es ihnen jetzt gehen muss. Dass der Junge sterben würde, daran haben sie sicher nicht mal im Entferntesten gedacht. Aber ich kann jetzt nicht einknicken, sie trösten, Verständnis zeigen. Wofür denn auch? Dafür, dass sie vielleicht in ihrer Kindheit zu heiß gebadet wurden? Nein, sie müssen lernen, die Konsequenzen zu tragen und für die Zukunft daraus zu lernen. Und dafür sind sie alt genug. Ich wollte sie mit der Härte meiner Worte wachrütteln. Und das habe ich, wie es scheint, auch geschafft. Hoffentlich nicht nur für einen Moment.

Einer der Jungs gibt dem anderen einen Schubs. Dieser tritt vor und legt mir eine kleine Ledergeldbörse aufs Bett. Dann drehen sie sich um und verlassen wortlos den Raum.

Good Morning Dornröschen

Eine Weile brauche ich noch. Ich kann kaum denken und starre einfach vor mich hin. Ich greife nach der Börse und streiche sanft über das weiche Leder. Die muss von Daniel sein. Behutsam öffne ich sie. Da fällt mir ein Zeitungsausschnitt in die Hände. Es ist ein Gedicht:

Steh auf!

Steh auf! – Lauf!
Aber lauf nicht weg!

Lauf deinen Weg – scheue dabei nie den Dreck!
Renn' über Felder, Wiesen und durch Täler.
Du wirst sehen, der Weg wird dabei oftmals schmäler.

Hörst du sie spotten und laut lachen,
glaube mir, du wirst das auch alleine schaffen.
Jeder Finger, der auf dich zeigt,
sich später noch vor dir verneigt.

Ihr müsst nicht auf mich hören,
denn ich kann das alles nicht beschwören.
Es gibt keinerlei Beweise – für meine Reise.
Doch sie macht weise, auf ganz besondere Art und Weise.
Oft ganz leise.

Du musst es selber spüren, was das mit dir macht.
In so mancher verdammten, einsamen Nacht.
Doch behalte stets geöffnet dein Herz –
Lache nicht, das ist kein Scherz.

Dann bist du zwar empfänglich sowohl für Glück als auch
für Schmerz.
Doch sagst du immer gleich ›nein‹ –
bleibt alles nur ein Schein und es zieht niemals Liebe ein.

(Johannes von Taubenrichten)

Bei dem Namen des Dichters muss ich sofort an Hannes denken. Durch den Stress der letzten Tage habe ich ihn völlig ausgeblendet. Aber mit ›von Taubenrichten‹ kann ich überhaupt nichts anfangen. Also schiebe ich den Gedanken beiseite. Wie auch immer. Unter dem Bericht ist eine kleine handschriftliche Notiz – von Daniel: »Ich will eines Tages dieses Gedicht verstehen!«

Dann fange ich an zu lachen: »Du Dummerchen! Wieso suchst du dir ausgerechnet solch schwere und tiefgründigen Gedichte aus?« Ich beschließe, die Geldbörse als Andenken zu behalten.

Jetzt muss ich raus hier. Raus aus dem Bett und raus aus diesem Krankenhaus. Ich bin schon auf dem Flur, als mir plötzlich Daniels letzter Satz in den Sinn kommt: »Wenn du das nächste Gedicht liest, weißt du, was du zu tun hast!«

Ach Blödsinn! Das ist reiner Zufall. Wer weiß, was er damit gemeint hat. Was sollte ich denn jetzt auch machen? Weggelaufen bin ich ja schließlich schon.

Ich atme ein letztes Mal den Krankenhaus-Geruch ein. Wohlriechend ist er nicht, doch verbindet er mich von nun an mit den Menschen, die ich hier getroffen habe. Ich bin reifer geworden durch die schmerzhaften Erfahrungen. Und innerlich ruhiger und ausgeglichener. Denn ich habe viele Kleinigkeiten oftmals zu verbissen betrachtet. Dabei habe ich mich immer selbst im Fokus gesehen und das alles mit einem sehr eingeschränkten Sichtfeld. Jetzt war ich entspannt und emotional ausgeglichen. Nicht mehr so aufgekratzt und hysterisch. Wenn ich an das ständige Rumgeheule der letzten Wochen denke … Ich weiß, dass das nun ein Ende hat.

Nun aber raus hier. Die Luft außerhalb des Gebäudes ist frisch und rein. Auf dem Weg zur Bushaltestelle kommt mir ein junges Pärchen mit einem Neugeborenen entgegen. Wie nah Leben und Tod doch beieinander liegen. Ich erinnere mich an das Gedicht. Wenn man sein Herz öffnet, läuft man Gefahr, verletzt zu werden. Doch findet die Liebe auch erst dann einen Weg hinein.

Ganz in Gedanken versunken bemerke ich nicht die immer näher kommenden Schritte hinter mir.

Jemand packt mich an der Schulter. Ich drehe mich um – und erblicke den Reporter von damals, als wir ins Krankenhaus gekommen sind. Er ist völlig außer Atem: »Schön, dass ich Sie noch erwische. Ich habe das mit Daniel gehört. Wie geht es Ihnen? Verspüren Sie Hass gegenüber den Tätern?«

Unverschämt, wie er ist, hat er sein Tonband schon angestellt und hält es mir direkt unter die Nase. Doch diesmal spüre ich keine Wut in mir aufsteigen und antworte daher besonnen aber direkt: »Diese schreckliche Tat hat eine noch Schrecklichere aufgedeckt. Die Leitung und die Mitarbeiter des Kinderheimes ›Heiliger Hort‹ haben Daniel unterdrückt und ihm jegliche Hoffnung auf eine unbeschwerte Kindheit und ein erfülltes Leben genommen. Hier fand das eigentliche Verbrechen statt. Jahrelanges Quälen und Unterdrücken einer kleinen Kinderseele. Ich möchte nur eines – Gerechtigkeit und Menschlichkeit. Eigentlich kann ich mich glücklich schätzen, denn ich durfte ihn kennen. Sie schreiben über ihn, aber Sie wissen nicht, wie er war. Und Sie werden es auch niemals erfahren.«

Ich drehe mich um und gehe einfach weiter. Hinter mir höre ich noch den Blitz des Fotoapparates.

Der Bus bringt mich zum Kommissariat. Ich will mich nach dem Stand der Ermittlungen erkundigen.

Als ich eintrete, kommt mir auch schon Siggi entgegen und begrüßt mich lächelnd: »Gerade wollten wir Sie im Krankenhaus besuchen. Wir haben eine gute Nachricht. Die Leiterin des Kinderheimes wurde festgenommen. Wir haben sogar Videos mit kinderpornografischem Inhalt gefunden. So eine perverse, alte Frau! Wenn wir das doch nur vorher schon gewusst hätten … Es ist einfach nur ekelhaft und bemitleidenswert und zugleich unvorstellbar.«

Ich winke ab: »Wissen Sie, wenn Sie nichts dagegen haben, würde ich das alles lieber gar nicht so genau wissen. Die Welt kann schlecht und grausam sein. Nein, nicht die Welt. Eigentlich nur die Menschen, die in ihr leben. Es sollte einfach mehr geben, die mit offenen Augen durchs Leben laufen. Wenn sie weggesperrt wird und ihre gerechte Strafe bekommt, dann ist das für mich Befriedigung genug.«

Er erwidert lächelnd: »Oh ja, das wird sie – und alle anderen, die dieses Verbrechen gedeckt haben ebenfalls. Vielen Dank für Ihre Mithilfe!«

»Ach, das ist doch selbstverständlich«, antworte ich knapp. »Was passiert jetzt eigentlich mit den Jungs, die Daniel auf dem Gewissen haben?«

Der Polizist wirft seine Stirn in Falten. Entsetzen trübt seinen Blick: »Er ist also gestorben? Da wissen Sie wohl mehr als ich.« Eine Antwort braucht er nicht, als er in mein Gesicht blickt. Er atmet tief durch und fährt dann fort: »Sie werden erst einmal psychologisch untersucht. Dann kommen sie vor Gericht. Für das Gefängnis sind sie noch zu jung. Aber ihre Freizeit dürfen sie in der nächsten Zeit mit Sicherheit damit verbringen, soziale Arbeiten zu verrichten. Vielleicht hilft ihnen das!«

Ich seufze tief: »Ja, vielleicht. Wir werden sehen. Ich muss weiter! Danke für Ihre Hilfe ... und ... kann ich das Tagebuch von Daniel vielleicht mitnehmen? Bitte! Das würde mir sehr viel bedeuten!«

Der Polizist zieht eine Braue nach oben und verschwindet kurz in seinem Büro. Ein paar Minuten später kommt er mit dem Büchlein zurück: »Ich hab's mir kopiert!« Er zwinkert und lacht dabei zum ersten Mal so, dass ich auch seine untere Zahnreihe sehen kann und dabei ein kleine Lücke genau in der Mitte entdecke.

Ich verabschiede mich und gehe hinaus in die Sonne. Der Schatten ist hinter mich gefallen. Das erste Mal seit ewigen Zeiten höre ich die Vögel zwitschern. Ich höre das Rauschen des Windes und nehme das Leben um mich herum wieder wahr. Ich bin die ganze Zeit über so sehr mit mir und meinen Problemen beschäftigt gewesen, dass ich starrköpfig und mit

Scheuklappen durch die Welt lief. Erst meine Flucht aus dem Alltag, aus dem gewohnten Umfeld hat mir geholfen, mich der Welt wieder zu öffnen. Und ich heiße sie willkommen, mit all ihren schönen und schlechten Seiten.

Stundenlang laufe ich umher und werde nicht müde. Dabei suche ich nicht mehr nach einem Ziel oder einer neuen Berufung. Ich genieße einfach nur die milden Sonnenstrahlen auf meiner Haut. Und dabei bin ich mir insgeheim sicher, wieder instinktiv den richtigen Weg zu gehen.

An einem Kiosk bleibe ich stehen. Der Duft von frisch aufgebackenen Brötchen erweckt wieder einmal meine Aufmerksamkeit. Dabei fällt mein Blick zufällig auf eine Zeitschrift im Glasfenster. Auf deren Titelseite prangt groß und breit: »Good Morning Dornröschen!« Ich stutze kurz. Der Satz kommt mir doch bekannt vor! Ich hechte in den Laden, stürze mich auf die Zeitschrift und gehe kurzerhand damit zur Kasse.

Die Dame lächelt mich freundlich an: »Ach, die *Philosophen-Zeitschrift* – was zum Träumen. Da ist auch mal wieder was Neues von Hannes Müller dabei. Also, Johannes von Taubenrichten meine ich. Keine Ahnung, wie er zu diesem Künstlernamen kommt.«

»Sie kennen ihn?«, frage ich verdutzt. Nicht nur, weil sie von sich aus einfach so von einem Hannes erzählt. Es war nicht irgendeiner. Es war mein Hannes. Das musste er sein.

»Ja, ja, ich kenne ihn. Seit dem Tod seiner Freundin ist er allerdings nicht mehr so, wie er mal war. Er hat früher sehr viel gelacht und rumgeschäkert. Auch mit mir alter Kuh, das können Sie mir glauben. Ich mochte seinen trockenen Humor. Er hat immer gute Laune versprüht mit seiner unbekümmerten Art. Aber jetzt ist er so ernst und in sich gekehrt. Seit dem Vorfall hat er nie wieder auch nur ein Gläschen Wein getrunken. Er will sich quälen. Denn er denkt, damit kann er den Schmerz und die Schuld kompensieren. Ich glaube sogar, er verweigert es sich, glücklich zu sein. Das neue Gedicht von ihm müsste eigentlich noch aus vergangenen Zeiten stammen. Klingt wieder so verklärt. Ich versteh bloß nicht, warum er diesmal von ›blauen Augen‹ schreibt. Seine Freundin Sarah – sie hatte grüne. Wahrscheinlich ist das auch nur eine Metapher, oder was meinen Sie? Ich verstehe ja nicht so viel von diesen Dingen. Na egal! Ich hoffe nur, dass er irgendwann wieder das Glück findet, das er eigentlich auch verdient. Er ist einfach viel zu hart zu sich. Macht sich viel zu viele Gedanken. Verstehen Sie? Die Eltern von Sarah waren ihm nie böse! Auch ihre Freunde nicht! Nur Hannes … Hannes hasst sich seither selbst. Unglaublich oder? Damit kann er die Vergangenheit doch auch nicht ändern. Und wenn man sich selber hasst, kann man auch andere nicht lieben. Ist doch so, oder? Na ja, was rede ich hier eigentlich. Viel Spaß damit!«

Die Unterhaltung endet ein wenig abrupt, denn mittlerweile hat sich eine kleine Schlange an der Kasse gebildet. Es ist wohl besser, wenn ich gehe, obwohl ich noch so viele Fragen gehabt hätte. Aber ich bin sehr neugierig. Ich kann nicht mehr länger warten und setze mich einfach auf die nächste freie Bank. Kurz schaue ich noch einmal auf die Titelzeilen, dann beginne ich vorsichtig die Zeitschrift aufzublättern. Mein Herz schlägt schneller. Meine Beine zittern und die Hände werden leicht feucht. Dann sehe ich es. Neben dem Artikel ist ein Bild von Hannes abgebildet. Er ist es wirklich. Sein Lächeln wirkt nicht ganz so ehrlich, wie ich es in Erinnerung habe. Er sieht eher nachdenklich und unschlüssig aus, aber dennoch stark und männlich. Mein Herz hüpft bei seinem Anblick. Schnell schlage ich die Zeitschrift wieder zu. Wie unter Schock starre ich ins Leere und versuche einen klaren Gedanken zu fassen. Aber ich kann nicht. Ich will nur noch lesen. Lesen, wie es Hannes geht und wissen, wie seine Gefühle aussehen. Vielleicht sogar, wie seine Gefühle mir gegenüber aussehen. Denn ich muss die Frau mit den blauen Augen sein, von der die Verkäuferin eben erzählt hatte. Ich nehme all meine Kraft zusammen und blättere tapfer wieder auf die entsprechende Seite. Das Foto blende ich diesmal aus, ich will mich nur auf den Text konzentrieren. Auch wenn ich weiß, dass er meine Gefühlswelt wieder durcheinander bringen wird. Mein Verlangen ist größer. Langsam beginne ich, Satz für Satz in mich aufzusaugen:

Good Morning Dornröschen!

Aus dem Schmerz hast du mich wach geküsst.
Mit deinem Lächeln meine Wunden geheilt.
Deine Sanftmut hat mich wachsen lassen –
und mit deiner Leine haben wir uns beide abgeseilt.

Du bist wie ein Buch für mich.
Denn deine unbekümmerte Art und dein sensibles Wesen,
lassen mich aus dir so wahnsinnig gerne lesen.
Und doch kenne ich dich noch nicht.
Ich sah dich bisher nur im sanften Leselicht.

Deine Kraft und Leidenschaft
haben meiner Seele wahre Wunder beigebracht.
Für dich definier' ich meine Liebe neu.
Ohne, dass ich es auch nur eine Sekunde lang bereu.

Aber verdien ich deine Güte?
Das frage ich mich jeden Tag.
Du erscheinst mir einfach nur wie eine wunderschöne Blüte,
die nie zu verblühen mag.

Doch nicht nur dein Antlitz ist so wunderschön.
Nein auch dein starker Geist und Wille.
Wie soll ich da noch Worte finden, für eine Erscheinung
strahlend sanft.
Du versöhnst den Himmel und die Erde – Sonne, Mond und
Sternenglanz.

Deine Leidenschaft lässt mich erglühen, so hell, so nah, so voller
Pracht.
Einer deiner Funken allein schon hat die Kraft und für mich aus
der Nacht den Tag gemacht.
Es ist wie ein Märchen, wie ein Traum.
Doch in Wahrheit sitze ich allein in diesem Raum.

Wenn sich deine blauen Augen in meinen spiegeln, entstehen Funken.
Aus diesen Funken wird ein Feuer, das verbrennt den ganzen Schmerz.
So sei dir eines stets bewusst: Mit deiner so unendlich großen Macht,
kannst du verzaubern, wen du magst.
Ohne vorher groß darüber nachgedacht.

Ich weiß – du wirst noch Großes leisten – und geliebt sein von der ganzen Welt.
Mir ist's, als kenn' ich dich schon immer.
Deine Seele jedoch hat gesprochen
und erneut wurde mein Herz gebrochen.

So frage ich mich Tag für Tag,
wer von uns wohl wen wach küssen mag?
Ich weiß, ich bin nicht Hans im Glück.
Und so kommst du wahrscheinlich niemals zurück.

Nachdem ich zu Ende gelesen habe, lasse ich die letzten Zeilen in mir nachklingen. Ich lese es noch einmal. Satz für Satz. Immer und immer wieder. Und ich kann kaum fassen, dass es wirklich für mich sein soll. Empfindet er tatsächlich derart stark? Es scheint mir unvorstellbar. Und es kam mir nie so vor, als hätte ich eine derartig große Wirkung auf ihn gehabt. Wie war das möglich nach so kurzer Zeit? Erneut beginne ich das Gedicht zu lesen. Ganz langsam. Mit einer Hand verdecke ich meinen Mund. Noch immer bin ich derartig perplex und überrascht. Wie konnte ich seine Gefühle nur nicht bemerkt haben? Vielleicht aber auch hatte er sie so nicht gezeigt. Ja, ganz gewiss sogar. Als ich die letzen beiden Absätze noch einmal verinnerliche, merke ich erst, wie sehr ich ihn verletzt haben muss. Wie kann ich ihm nach so kurzer Zeit das Herz gebrochen haben? Vielleicht übertreibt er auch ein wenig. Meine ganzen Fragen schreien nach Antworten. Doch eigentlich hatte ich mit diesen wenigen Zeilen Antwort genug. Und ich war es, die ihm eine Antwort auf die letzte Frage in seinem Gedicht schuldig war.

Ich verspüre gerade nur eines, ein wahnsinnig großes Verlangen – das Verlangen, Hannes wiederzusehen. Urplötzlich fühle ich es in mir und kann, nein ich will es nicht länger zurückhalten.

Ich laufe! Ein letztes Mal! Und schließlich renne ich. Doch diesmal renne ich nicht davon. Diesmal habe ich ein Ziel. Und ich habe es klar vor Augen. Daniel hatte doch recht! Ich weiß nun, was ich zu tun habe.

Als ich vor Hannes' Tür stehe, bekomme ich plötzlich doch weiche Knie. Was soll ich sagen? Wie soll ich reagieren, wenn er die Tür öffnet? Was, wenn das Gedicht doch nicht mir galt? Kleine Zweifel drohen erneut in mir aufzukeimen. Da höre ich hinter mir eine Stimme: »Hi Dornröschen! Geht's dir gut?«

Ich wirbele herum und sehe in Hannes' Augen. Wild entschlossen stürme ich auf ihn zu. Wir umarmen uns wortlos und ich will ihn nur noch festhalten. Ganz fest. Ihn nie wieder loslassen. »Es tut mir so leid. Ich werde dir nie wieder so vor den Kopf stoßen! Ich wollte dich damit nicht verletzen. Wahrscheinlich hatte ich selber einfach Angst verletzt zu werden! Kannst du mich ein wenig verstehen?«

Ich spüre sofort, dass mir Hannes nicht mehr böse ist. Er lächelt einfach nur, drückt mich ganz fest an sich und antwortet dann mit einer Gegenfrage: »*P.S.: Ich* … liebe dich? … hasse dich? … komme bald wieder? … vermiss dich jetzt schon? … bin mal schnell Zigaretten holen? Sag, wie wolltest du den Satz in deinem Abschiedsbrief beenden?«

Laut auflachend gab ich ihm die Antwort: »Haha, ja so was in der Art. Aber ganz genau wusste ich das damals schon nicht. Ich denke, ich wollte dir damit nur sagen, dass es mir schwer fällt, dich einfach so zu verlassen.« Ich kneife ihn und laufe vor zum Eingang. Er läuft mir nach und drückt mich mit dem Rücken an die Tür: »Warum bist du wieder gekommen?« Hannes blickt mir bei dieser Frage tief und ernst in die Augen.

»Tja, ich fragte mich wohl Tag für Tag, wer von uns wohl wen wach küssen mag? Ich will ihn wieder, meinen Hans im Glück. Und so laufe ich zu ihm zurück.« Ich pruste los und falle Hannes küssend um den Hals.

Danksagung

Mein ganz spezieller Dank richtet sich an alle Beteiligten am Shooting des Titelbildes, welches mir ganz besonders am Herzen lag. Ich bin sehr stolz auf das Ergebnis und auch darauf euch an dieser Stelle erwähnen zu dürfen.

Danke für den Einsatz, die Professionalität und eure Ideen!

An dem Titelbild-Shooting waren beteiligt:

Fotograf Stephan Godzieba
www.wax-photography.de

Couture Designerin Ophelia Blaimer
www.opheliablaimer.de

Make-Up Artist & Hairstylist Mathias Stoiber
www.make-up-art.net

Shooting Location: Club ›baby!‹ in München
www.babymunich.com

Ohne euch hätte ich dem Buch nicht das entsprechende Gesicht geben können. Eure Ideen und euer Handwerk haben das Cover gestaltet! Vielen Dank für die Geduld und euer großes Vertrauen in mein Buch!

Daniela Kögler

www.daniela-koegler.de